滄海叢刊

牧場的情思

張媛媛 著

1977

東大圖書公司印行

牧場的情思
編號 E 83097
東大圖書公司

行政院新聞局登記證局版臺業字第〇一九七號

中華民國六十六年二月初版

牧場的情思

基本定價壹元捌角叁分

著作者 張媛媛
發行人 莊剛彰
出版者 東大圖書有限公司
印刷所 東大圖書有限公司
台北市重慶南路一段六十一號二樓

序

十年前，自美返國，公餘酷愛學文，斷斷續續在報刊上發表，如今集得一百三十篇，遂彙編成册。

這些隨筆只是生活的鱗爪，內容廣泛，姑歸納為三部份：㈠留美生涯，㈡旅紐見聞，㈢居家雜感。在乘興寫作之過程中，深悔「書到用時方恨少」，且苦意不稱物，文不達意，今後仍應勤加習練，更企盼讀者不吝指教。

茲承同事李君錫勛的鼓勵與劉總經理的協助，得以付梓，併致謝忱。

牧場的情思 目錄

簡介奧克拉荷馬大學

奧克拉荷馬州立大學（Oklahonra State University ）是美國南部八大州立名校之一，該校聚集不少來自世界各國的留美學生，其中尤以我國留學生躍居首位，我國留學生有一百二十名，其中二十名爲女同學。

奧大創立於一八九〇年，距今已有七十五年歷史，當時名爲奧克拉荷馬農業機械學院（Oklahonra Agricultcre & Mechancial College），一九五七年始改爲州立大學今名。該校位於奧克拉荷馬州，靜水鎮（&tielwater），靜水鎮以該大學而聞名，爲一典型之大學城。

奧大校園以秀美出名，因該校前身爲農學院，對花草樹木之培植修剪極爲注重；每日清晨，薄暮均分別由工讀學生灌溉修剪並由庭園設計專家負責美化。奧大校園擁地一百五十畝，校園價值六十億美元，其中最現代化之精美建築爲該校足以自豪的奧大圖書館。

該舘在建築方面採用最新型設計式樣，室內燈光明亮而柔和，室溫採冷暖調節，舘內各角落皆有冷泉可飲，上下則以升降梯代步。全舘計分六樓，其中地下室及五樓專供研究生研讀使用，一樓及二樓為大學生自修地方，三樓則為地圖部及文件資料室，舘內存書計有六十五萬餘册。

奧大圖書舘，每年僅聖誕節休假一天，對於我國獨在異鄉為異客的外國學生來說，眞是渡假的好去處，因為聖誕節其間（美大學有二星期長假），偌大的校園由於美國學生紛紛回家過節而顯得格外孤寂，為了減輕思家愁緒，只得埋首圖書堆中，尋求知識上的滿足與慰藉。

奧大全校教授人數有一千人，不任教的職員計一千五百人以上，其全部研究課程分別由各系院獨立，研究所有六十個不同科系，其中四十一所研究所授予博士學位，其中較有名的學院為農學院、工學院、獸醫學院以及家政學院。

奧大家政學院在農工學院創始之際，即奠始基，為全美國八大名家政學院之一，筆者就讀於該院兒童教育學系，玆僅就個人經驗，提供國內有志研習家政同學參考。

奧大家政學院計分六系：紡織學系、兒童教育學系、營養學系、家庭經濟學系、室內設計學系、以及家政教育學系。凡是該校畢業學生，美國社會都樂意任用，因為該校對家政學院要求極為嚴格。除了以上六個學系以外，該學院經常由各大旅舘派員至該院接受營養知識以及餐廳管理的訓練，因此學生在校期間就有實習機會，至於兒童教育系的學生，每週必須至該校托兒所觀察兒童心理及行為，撰寫報告，由教授批改。

由於畢業學生出路良好，美國學生都極喜愛唸家政學院，家政學院畢業學生除了留校從事家政教育以外，也有幫助教授做研究工作的，更有從事社會工作，以及國際工作的，例如聯合國兒童基金會就很需要兒童教育心理人員，筆者就讀奧大家政學院之際，所獲之研究獎學金卽爲在托兒所實驗工作，每小時七角五分美金，足夠一學期生活費用，毋需再爲教育生活費用擔心。

奧大的「外國學生輔導中心」常協助學生課餘找工作機會，校方規定是每小時六角五分至一元的報酬，只要學生入學半年以後，成績尚佳，便有資格申請。工作或在校內或在校外，校內多在圖書館工作，或幫助教授改卷，校外則在餐廳當侍者，或其他短期服務，這種情形在美國極爲普遍，不但我國及外國留學生，就是美國學生自已也多數如此。

奧大校園內建有十二所學生宿舍，其中均裝有冷暖氣設備，包括單身生及已婚學生宿舍，其他尚有學生公寓，及寄居學生宿舍等。該校圖書館右側新建立一所美侖美奐的學生中心（&tuc-lent union），每日可供應全校數千師生等，晚餐，給餐完全是以半自助餐方式。至於我國學生飲食，常喜歡幾個人合在一起自煮中式菜飯，各顯烹調本領，既經濟又可口。

至於該校美國學生與我國學生之間相處甚佳，一般美國家庭或美國同學會常邀請我國學生至其家小聚閒談。美國南部是個較保守的地區，因此搖滾瘋狂音樂以及嘻皮之風在該大學並不流行，倒是該校無論教授或學生對我國文化藝術大感興趣，有時在教授家做客時，遇到上層社會的人仕常會談起我國書畫，孔夫子以及刺綉、磁器等，因此當你出國之前必須對我國文化瞭若指掌否則反在外人面前赧顏了。

民國五十八年原載今日生活

聖誕除夕在紐約

美國各大學考完期中考後緊接著有二星期的聖誕，新年假期，奧克拉荷馬大學爲便利外國學生在假期中在各地遊覽提早二天放假，因而使我得以重返東部紐約市，與朋友們共渡我第一次在美的年假。

美國的交通十分發達，飛機、火車、和公共汽車之間尖銳而有益的競爭，每一方面都竭盡智能爲顧客提供最佳服務的機會，同時由於 Greyhouned 和 Traiway 二家巴士公司的競爭，乘公路汽車旅行較前更有突飛猛進的進步。

筆者是自校園乘車至托沙鎭（TULSA）換搭灰狗車東赴紐約的，正如火車上有侍者飛機上有空中小姐一樣，長途公共汽車上也有男女雇員來供應乘客的需要。靠椅和額外的枕頭使乘客在長途中能得到安睡而不致疲憊，而且車上也有潔淨的廚衞設備。灰狗車的駕駛技術穩而熟練，住在車上自濶寬的窗口望去，美國鄉村風景一覽無遺，看到寬濶大道令人心曠神怡，這是以前我在美乘飛機或火車時所難以得到的感覺。

灰狗巴士每小時時速爲七十哩，途經密蘇里州的聖路易市（St. Louis），印第安那州的印城(Inda inapious) 以及賓州的匹茲堡（Pitsbuirgh） 數大城鎮，車行二晝夜始抵紐約州的紐約市。

猶記抵達紐約市中央車站之際但是車水馬龍、燈火輝煌，雖然沿途在車上看到每個市不同的聖誕裝飾，然而沒有一個地方像紐約市的聖誕新年氣氛這樣濃厚熱烈，濶別四月的紐約市比我初抵時更艷麗了。

美國的聖誕節正如我國過舊歷年一樣，親友家人間互贈禮物，因此一到節期，市面繁榮倍於平日，大商店大公司裏萬頭攢動，街道上幾乎人手一袋（Shopping beg）袋中滿裝物品。早在十一月裏，各大公司商店就對美不勝收的貨品陳列出來，報上的廣告更大更多，櫥窗的佈置也充滿過節氣氛，一切都在催促紐約市民爲迎接佳節而準備。在紐約，商店的營業時間，平時都是從上午九點或九點半到下午五點或六點，可是聖誕節前，大小商店，每天都到九點打烊，可見市面繁榮的一斑。

每年聖誕節，洛克菲勒中心（Rockefeller Center）的聖誕樹最爲有名，樹高八、九十呎，樹上懸掛的大小彩色燈球有三千之多，入夜之後更是燦爛奪目。洛克菲勒中心有「城中之城」之稱，其範圍是由第四十八街起，北到第五十一街止，東由第五大道起，西到第六大道止。

時報方場是紐約最熱鬧的地方，每天經過這裏的人估計約有一百五十萬之多，這裏的地下車站是紐約最大的，以上下班、遊覽、購物，是大多數人必經之地，然而在一年之中，最熱鬧的時候，當推除夕晚上，從十點起車輛便不准通行，人流從各方面向這裏滙聚，大家都來這裏收舊迎新。十二點一到，大家凝神注視時報大樓上一盞龍大燈球，沿著旗桿向下滑落，一到桿底燈球不見，新年度的阿拉伯數字忽然出現，突然歡呼與歌聲齊起，玩具喇叭亂吹，大家歡喜若狂地迎接新年到來，五色燦爛的霓虹燈下但見行人摩肩接踵，熙熙攘攘，除夕之夜的時報方場場是光與色的世界。

年假在紐約逗留三日，由於校中繁忙的功課，我不得暫時告別這當年荷蘭人僅以價值二十四美元寶珠、綢緞飾物自印第安人手中買過來的荒島，而如今卻的高樓入雲、寸土寸金的世界第一大都市，出新澤西州，片刻間紐約市隱設在灰霧迷濛以及片片飛舞的雪花中了。

民國五十九年原載中國一周

幼有所長

美國極端重視兒童，對於小學教師的要求也極爲嚴格。

前年秋天，筆者攻讀於美國奧克拉荷馬大學兒童教育系，結業前分派至奧克拉荷馬州立小學實習。由於教師的責任大，權限也廣，只要你認爲可以改善的，你自己有充分的權利去作，校長和校董在聘請你任敎以後，便授你以全權，決不搬出條文規章來麻煩干涉。

該小學全天授課時間是六小時，一般課程表是由班敎師自己排，項目包括數學、音樂、美術、史地，以及閱讀等。美國孩子極愛問問題，也愛回答問題，一個問題提出，全班都擧手。爲了應付許多問題，小學敎師必須有高度的智力來應付，因此，敎育局在聘任敎師以前，都必須經過智力測驗的考試方爲合格。

在敎課時都是由敎師提出問題，而由學生自己尋找答案，因爲在尋找的過程中可以加深兒童的記憶，這樣要比我們小學老師對兒童刻板講授爲好，美國一般兒童在歷史和地理上比我國兒童學的快（美國一般中上家庭均備有一部百科大典供家人翻閱，甚至兒童亦有兒童百科大典，兒童學習情緒熱烈。）而在數理方面，則不如我國兒童。

美國的小學生，父母及社會對他的要求並不高，既不要求他學貫古今，也不強迫他通曉天文；只要求他們會吃會玩就可，年齡稍長，則要求他們德智羣體均衡發展。一旦進了大學則必須對家庭、國家、社會負責，而這種責任是漸加的，例如在晨課前，必須由教師領導全班小朋友面對國旗，致效忠的誓言：「我誓以熱血，維護我國旗，……」這簡短的誓言，由兒童天眞的小嘴，嚴肅的表情中唸出，眞是令我這旁觀的異國人感動無比。

美國對兒童的重視，遠溯自一九〇九年老羅斯福總統時召開之白宮兒童福利會議，由該會議提議而成立兒童局，以及美國兒童福利同盟，一九一九年威爾遜總統更訂定了兒童福利的最低標準；一九三〇年胡佛總統手訂兒童大憲章。自此每隔十年分別邀集學者專家舉行一次兒童福利會議。除了歷任總統的重視以外，聯邦政府每年須撥出一百五十一萬元，由兒童局交各州政府用來建立兒童福利業務，以使無家無依以及有不良傾向的兒童得到保護與照料。

他們重視下一代，在婦女尙未懷孕以前就已開始，及至兒童落地，做父母的必傾全力予以疼愛與敎養。在他們的心目中，孩子年齡雖然很小，仍然有著和大人一樣的人格與地位。由於此一看法，大人如果在孩子面前偶爾失信，也必得連聲道歉，至於在衆人面前，他也應該受到招待與重視，也應被當作大人一樣地予以介紹握手。

在美國的社會，兒童既然受到重視，既然毫無任何責任，所以在圖書舘裏沒有埋頭苦讀，鼻架近視鏡的小老頭，至於任何義賣也不敢隨便勞動這些國家未來的主人翁，所以站在街頭推銷紅十字的是老爺太太，而不是臺北街頭所見的國校學生。

二十世紀是兒童的世紀，我們深信任何一個國家的前途與社會的進步程度，端賴國民教育，以及兒童福利工作。

寫於兒童節前夕

民國五十九年四月三日原載中央日報副刊

美國人的閱讀習慣

美國人生活雖然十分忙碌，但是無論如何，電影、電視、以及各種聲色之娛，並不能轉移他們讀書興趣。

每年在美國出版的新書總要在四五千種以上。廉價的紙封面銷行全國讀者可以欣賞到世界上最佳的一些文學作品。這種廉價書美國的銷售量平均每天約達一百萬本。全年銷售的各種書籍，包括教科書在內，一共有九億五千萬册。出版商發現美國人民對比較嚴肅書籍，諸如傳記、歷史、經濟學、哲學、宗教和科學等類書籍已日益感覺興趣。

美國全國共有一萬二千八百所圖書館，其中有一萬所是免費的公共圖書館。大學圖書館有一千四百所之多，其中以哈佛大學的爲最大。政府的圖書館近三百餘所，在首都華盛頓的國會圖書館是全美國最大的一所。

一般人的閱讀時間大部是用於閱讀書報雜誌上；諸如時代，生活，每週新聞，紐約人，讀者文摘，大西洋月刊和週末晚報最爲流行。在報攤附近常常圍滿了讀者。他們都急於要買他們最喜愛而最新出版的雜誌。我們常可以看到各小酒吧的客人，一手拿着一杯咖啡，另一手拿着一本讀者文摘。許多坐公共汽車，以及地下車的乘客而在專心閱讀；甚至於在醫生的診療室病人久候之際常手持一本漫畫雜誌；美容院裏的婦女在整容時也不會忘了藉機閱讀一番，藉以增進新知。閱讀，在美國是全國人的習慣，正如同咖啡與麵包一樣，是不可缺少的。

語文周刊版　民國五十九年八月二十九日原載國語日報

密西西比河

密西西比河是世界上最長的一條大河，全長四千五百英里，在美國人的心目中，她的偉大實在無可比擬。那年，初夏，我自紐約港搭乘巨輪行經該河，覺得她眞是十分可愛，難怪令人著迷。

在蠻荒時代，她常氾濫成災，及至古老的印第安人時，她成了內陸交通的大動脈，提供了運輸的便利，在美國發展史上留下不可磨滅的事蹟。近代科學文明，由於人民的毅力，早已把這條洪流治理得極爲溫順，他們開始從事灌溉、發電、航運，因此，沿岸山疇千里，工廠林立，蔚爲奇觀。

猶記，我們的船開抵那兒時，在穿越曲折廻環的橋樑後，終於看見了美麗的水紋，平穩極了，沒有波浪，明淨如鏡，猶如我們的黃浦江或洞庭湖，是夜，只見星光滿天，月美瀉地，兩岸燈火如畫，船在不停的前進，沿岸模糊的風景也不停的變化，令人目不暇給，忙著聽和看，遠眺微弱燈光，觸引無限鄉思，這星星和月亮不是和家鄉一樣嗎？只可惜獨自孑然一身在此欣賞異國的山川月色。

密西西比河是美國許多州的天然分界，不一會船身駛入伊利諾州，那些水之濱的明滅燈光漸漸遠了，閃爍的寒星若隱若現，天涯遊子的幻夢也跌落在波紋裏洗得乾乾淨淨，渾然忘我了。

民國六十一年十二月十日原載新生報副刊

棉被與電毯

初抵美國奧勒岡州居住在史坦利老太太家，史坦利老太太對我愛護有如自己的女兒，她特別爲我佈置了一間精緻的房間，梳妝臺上還放了她自己親手做的洋娃娃，旁邊有一盒巧克力糖，上面卡片上寫着「歡迎妳來奧勒岡州小住，史坦利・桃樂賽」，當時眞令我這個初離家門的人感到溫馨無比。

一切都令我感到滿意，躺在柔軟的席夢思上，薄薄的一條毛毯，旁邊還有一個電鈕，像似小型的無線電，初睡時還溫暖無比，睡熟以後，曾幾何時翻身時踢到了按鈕，半夜，往往會被凍醒，此時不覺懷念起在臺灣母親爲我縫製的棉被，無論我怎麼翻身都不會踢掉。

第二天淸晨，與史坦利夫婦早餐之際，由我國的棉被，談到中國的筷子，文字，文明，我恨不得把一切中國優秀的部份介紹給身邊的美國人，史坦利夫婦羨慕我國悠久文化，所以我們談的投機，席間，我還特別爲他們炒了一盤蛋炒飯，他們夫婦食後，大讚我的烹飪技巧，其實天曉得我在家只會蛋炒飯，如果他們到臺灣飽餐一桌中國菜，更不知如何羨慕呢，當然對這些經常以二塊餅乾，一片麵包當做一餐的美國人，難怪對我們中國人有關飲食方面的藝術嘆爲觀止了。

以後當我在奧大求學時，由於蓋不慣美國的毛毯，還特別請母親寄一條棉被給我，有的中國同學還笑我土頭土腦，其實他們那裏知道，每當午夜夢回，思鄉欲淚之際，我可以擁着棉被，在被裏痛哭一場，以解鄉愁呢！

回國之際，在紐約美西百貨公司特別買了一條電毯，回來孝敬母親，母親除了對親友炫示我的孝心外，只蓋過一次，我問母親爲什麼很少蓋電毯，她說電毯裡面電線密佈，那有棉被舒服踏實，至此，我方知道，中國人永遠都熱愛自己的生活習慣和方式，這也許是中西文化不同吧。

民國六十二年二月十四日原載新生報副刊

閒話美國銀行

最近由於一件臺銀錯兌美鈔的個案，銀行飽受衆人指責，因此不禁令我憶及數年前在美國留學時與銀行打交道的愉悅經驗。

在美國，做人信用最要緊，尤其是牽涉到金錢方面。在我們的社會，支票，退票似乎是司空見慣，見怪不怪的事，算不了什麼，但是在美國，退過一次票的紀錄，可以使人到處無法立足。

記得我初抵奧大，身懷巨額保證金，而學校尚未開學，玲開車帶我至校園內的銀行，不到兩分鐘就辦妥了存取款項手續，他們辦事的簡單和迅速，令我稱佩，到他們的銀行存領款，不用排隊，也不拿等待牌號，在櫃臺內亦無任何長椅，沙發，因爲顧客無須久候，至於他們行員對顧客的笑臉相迎，殷勤問話，眞是令我從心裏感到舒慰，與我以前在國內某銀行，飽看那些大人先生的冷臉，感覺截然不同。

美國一般銀行開戶，可分儲蓄帳及支票帳，支票帳任何人都可開，前者不收任何費用，後者要酌收費用，因爲在他們的社會，很少有現錢交易，無論上街購物小至一塊香皂，也可以支票支付，對方以現金找回，或是薪金給付，也是以支票交易。他們支票轉讓極爲便利，只要在上面寫明付給某某先生，後面簽上自己名字就可以了。最初，我爲他們這種便民的精神感到驚異，也唯恐有任何退票事情發生，可是在我留美二年的時間中，從未聽說有過任何空頭欺詐事件，這點想必是建立在美國國民人人皆有的「自尊」上，畢竟人格與信用是無價的。

有一次在紐約我在瑞德往新開的曼哈坦銀行存款，我們存款只有區區伍拾元，辦事小姐親切無比，還贈送給我們一套西點餐具，及一個電動鬧鐘，那電動鬧鐘準確好用，曾伴隨我在宿舍內苦讀，一直至今我還保有它。歸國前夕，當我決定至銀行提款時，原以爲必定會煩瑣無比，誰知事實則不然，當銀行辦事員接過我的存摺核對無誤以後便將全部現款交付與我，既沒有核對我的身份，也沒有對我作任何盤問，像這樣令人心折的銀行服務態度，也必須建立在一個守法而高度尊重自己的國度裏。

民國六十年元月原載新生報副刊

紐約的地下車

初抵紐約市，朋友交給我一份地下車圖讓我出去摸索，當時眞是令我欲哭無淚，因爲那是一種很不容易令人熟悉的大都市交通工具。任何一個初到紐約讀書或做事的人，倘若能把該市的地下鐵路線能弄清楚，他也就變成半個「紐約客」了。

紐約的地下鐵道又快又方便，它的伸長系統安排得很完善，只要丟下一個托肯（Token）（價值一毛五分錢）走下去，隨你換車搭乘到多麼遠的地方。雖然美國人平均每三人中就擁有汽車一輛，但是居住在紐約的市民却寧願坐地下車去上班而將座車停放在家裏，因爲這樣可以避免在擁擠的市中心尋找停車場所的麻煩；至於地面上的公共汽車是每條街都停一停，遇紅燈時更是慢騰騰的，因此，很多人寧願在又悶又擠的地下鐵道中被擠的人仰馬翻，水洩不通。

每日早晚上下班的時間，有幾百萬人從四面八方湧向曼哈坦或郊區，車一停，但見許多人拔脚飛奔，因爲美國人對上班的要求是分秒不差，絕對守時，如果你第一次看到他們那種情形，準會以爲什麼地方發生火警了。

有一次我在紐約市郊皇后區搭E車至十四街準備轉換IRT黑線車（IRT在地下鐵圖中以黑線繪之，故名。）偶一疏忽却搭上了IND紅線車，當我發覺之際，只見每個站的名字都不同了，車一直向布魯克林駛去，沿站黑人擁進的愈來愈多；原來布魯克林區多爲黑人所居住，該區常有打鬪兇殺事件發生，因此，晚上都必須由白人警察巡邏。不巧，那一日非但車上沒有白人警察，而且天色也已不早，看到高歌酗酒，橫臥粗魯的黑人，眞是令我驚懼萬分，但這是一條單線路，所有的中途站沒有天橋與另一線互通，因此我只好強自鎭定，一口氣坐到底。

等到我從這邊的出口走出地上，又從另一邊的入口鑽入地下，搭同一線的車，回原先搭錯車的車站，再改搭另一部車返回住處時，已是午夜十二時，我在地下道裏整整迷失了四小時。

目前美國隨着一般物品的上漲，地下車也鬧罷工，堅持漲價，爲此紐約市長林西曾被市民謾罵得體無完膚，因而在髒與亂的地下道車站轉角處，除了紙屑遍地，臭氣冲天的髒物而外，也可以見到市民謾罵林西的妙語與漫畫。

由於城大，人多，份子太複雜，人與人之間的關係也極爲稀淡。在地下車中很少有人肯向老弱婦孺讓座，至於男人讓座的鏡頭也不多見。在擁擠的時間裏也常有爭吵的事情發生，但是美國乘客很有忍耐性，每人手執一份紐約時報，有的遮住目己前面的視線，有的流覽當日新聞，很少有人路見不平而多管閒事的，因爲在大都市的壓力之下，有很多精神不正常者以及流浪漢常愛在地下車中發洩叫罵，甚至在酒醉之後，任由這輛列車行駛，而不知自己的目的地何在。

紐約市是世界名都，她是一個令人喜愛的城市，但也是個令人厭惡的城市，雖然我忘不了那聞名遐邇熙熙攘攘的花花世界，但是，也忘不了在空空洞洞的地下道裏，我一個人寂寞待車的異國淒涼滋味。

民國五十九年五月十八日原載徵信新聞報副刊

留美學生的婚姻問題

失學、失業固然令人痛苦，但是失誤婚期却是最令人煩惱的事。從前農業社會，由於「父母之命，媒妁之言」的婚姻介紹，躭誤結婚的情形反倒很少見，但是在工業社會的今日，因爲匆忙緊張的生活，如果不幸錯過了婚姻的機緣，則往往造成社會上無數的曠男怨女。

美國社會有鑒於此，父母們在兒女進入妙齡的階段之後，男女之間的交往，就成爲家庭中一件重要的事情；約會是他們男女正式交往的前奏。在以往，古板的家庭中還會派年紀大一點的人跟着去當護航人。如今的父母們的態度，則是更爲民主了。男女進了大學以後，彼此間的交往則更爲自由。在教室內，大多數的女生都不坐在一起，她們通常都會各自主動地混坐在男生的旁邊，而以有人護花爲榮。由於社交公開的結果，如今，他們一般人的結婚年齡都要比以往的人早。據統計在一八九〇年，一般男人的初婚的年齡平均是二六・一歲，女人的是二二・〇歲，到了一九五六年統計，男人提早到二二・九歲，女的則是二〇・一歲。

我國目前雖已進入男女社交公開的社會，但是一部分人仍然保有男女授受不親的舊觀念。有的兒女因為缺少父母適當地指導，及至自己年齡日增，寂寞之感日深，則大與悔不結婚在當年之感。這種情形以我國留美學生的婚姻問題為顯著。

一般在臺灣的父母，常以為自己的子女出了國門，在異國必能找到更好的良伴佳侶。尤其許多有女兒的家長們，都切盼女兒在美國能成為博士夫人，因此送女兒出國，也就是做着送女兒出嫁的打算。事實上這種期望常有落空的時候。

筆者在美讀書的時候，曾與許多留美同學接觸，無論男女同學都深為婚姻問題困擾，尤以女孩子為甚。因為在美念書的男同學必須每日埋首在圖書館實驗室，根本無暇與女同學約會；等到學位拿到時，女同學因為等不及只有被迫另嫁了。有一次紐約友人家中談到婚姻介紹時，友人告訴我，有一個在哥倫比亞大學得到博士學位的女同學，由於無男同學找她約會而得了精神病住進了醫院。在宿舍中，我有兩個很好的室友，她們都溫順博學，然而每年每學期都在等待中寂寞的度過，我始終想不出什麼理由。也許是她們太保守，也許是她們眼光太高了，還是我國女孩子沒有婚姻介紹機會？眞是值得我們臺灣當局研討的。

據說一般男孩子由於讀書與就業問題的困擾，不敢輕言婚姻大事。因此找女孩子玩是一回事，結婚又是另一回事。同遊同樂的對象，却又不是他們願意將來共同生活的對象。在美國二十七歲的中國女留學生，沒有結婚的爲數很多，所以在美國的好些中國女青年，心情是沈重而徬徨的，而這些苦楚又無法向父母朋友告訴。難怪國內千萬顆父母的心，常爲了盼望女兒的婚訊而焦急無比！

民國五十九年原載國語日報

旅美的一位中國醫生

一九六五年夏，奧大正值暑假，我隻身自奧立岡州告別了我寄居的史坦利夫婦家，直飛紐約，爲的是希望找到一份暑假臨時工作。雖然個個美國人都宣稱美國是一個民主國家，就業機會均等、對任何種族均不歧視；然而在找工作方面，他們仍有各種限制及留難。有的朋友勸我上山至猶太人的餐館做女侍，一個暑假準可湊足下學期的學費；但是對於那種沒有經驗的工作，我實在沒有勇氣嘗試。

同學都紛紛上山打工了，只有我寂寞的留在喧鬧的紐約市爲未來的生活而憂愁。正在納悶之際，河邊大道中國留學生同學會張神父打電話告訴我，瑪利蘭州巴特莫城有一位中國醫生需要一位會打字、速記的中國學生幫他工作。就這樣，我提起行囊坐灰狗巴士直抵巴城，爲袁醫生工作了整個暑假。

袁醫生爲巴城僅有的二個中國醫生之一。他留美已近三四十年，雖然妻子是美國人，然而他却熱愛中國；因此他極願資助每一個在美留學的中國學生，每月他都在薪金中捐贈獎學金給臺北輔仁大學研究中國文化的學生。除此之外，他常對他的朋友募集獎學金。在我爲他工作的短時期當中，可以看出美國人對他都很敬愛與佩服。

我每天的工作並不繁重。他常喜歡在診治病人之暇與我談中國的詩詞書畫。有一次他帶我去看「成吉思汗傳」的電影，對該片中城牆上懸掛的日文字感到憤怒無比，要我寫信給該電影公司指正。

他常對我說，希望他的三個女兒將來能送到臺灣來受教育，學習中國文化，瞭解自己的國家。一般娶美國太太的中國人，常不能駕馭自己的妻子；但是他却使自己太太服貼無比，常爲他烹調中國食物，而且有時也和我論及淺近的中國詩畫。我常看見她在美國婦女面前表現自己身爲中國人之妻爲榮。

在袁醫生的腦子裏，除了豐富的醫藥知識外，還有許多計劃與構想；他希望自己能成立一個免費招待我國留學生的膳宿中心，以便幫助我國學生完成學業，回國貢獻祖國。

暑假結束，我告別了巴城的袁醫生。臨行他仍囑我應時時記住自己是中國人，多向美國人介紹中國五千年悠久文化與傳統思想。在返回奧大途中，我一直在默默的想，袁醫生眞是個不忘本的堂堂正正的中國人。

美國人的生活

美國人平均每年收入約爲二千三百美元，平均每一個家庭的收入是六千四百美元。雖然食物及其他商品價格略較十年前上漲，但是一般的人只需工作六分鐘，所獲報酬就可買一個半斤重的麵包，四十分鐘就可以購買一公斤牛肉，七小時可以買一雙皮鞋，二十三小時則可以買一套羊毛衣。

至於一般工人都能每隔四、五年卽購置一輛汽車，大多數的工人家中也都有電動洗衣機和冰箱等節省人力的現代設備。他們不但能滿足他們衣食住的基本需要，並且能購買許多現代生活的用品，工人們已成爲社會的主要消費者。大多數的工作人員在到達退休年齡時，都能離開他們平時的工作崗位，而依賴社會保險給付或其他津貼生活。

美國人花錢爽快，因此在購買許多必要東西時，常以分期償還辦法來臨時貸款。近年來美國人對於購買習慣已有改變，他們對於家庭必需品的需要已經減低，用於教育、醫藥、旅行，以及娛樂的錢逐漸增加，而收入中用於食物及衣飾部份所佔比例已較小。

大多數的家庭都設法儲蓄一些錢，其儲蓄額佔收入的百分之五至七，或存入銀行，購買政府債券或購買保險，百分之八十的家庭都有人壽保險，據估計：美國人現在有八百億美元以上的儲蓄。

民國五十九年八月四日原載經濟日報

過巴拿馬運河散記

從美國東海岸乘船到西海岸必需航經巴拿馬運河。

記得今夏六月九日，我們的船隻在夕陽西下的薄暮中徐徐駛出了美國德克薩斯州高維斯敦港，自此暫離美國國境，經過四天漫長海上航行，於十四日拂曉駛抵南美巴拿馬國境。

巴拿馬運河每年爲巴國政府帶來數十億萬餘巨額美金的收入，也是旅客環遊世界所喜愛而「心嚮往之」的一個地方，每日在巴拿馬港等候過運河的船隻很多，港口兩岸遍植棕櫚樹，西岸則是高山。遠山，綠水，襯以五光十色各國泊港船隻，眞是多采多姿，構成一副佳美的圖畫，放眼望去，令人心廣神怡，俗念俱消。

通過運河是以各國船隻到達先後次序爲準，輪到我們渡河時已是是日傍晚時分。運河沿岸立有刻記里程的石碑，每隔六公里有一信號站，指揮上下船隻俱以電訊指示，并以電動單在二岸推動之。船隻在運河中航行的速率，是看河段的深、寬和船隻本身噸位而定，船隻過河時亦依其噸位大小而納費。

我們的船隻通行平穩無阻，據聞有時船隻會不聽指揮，要應付此困難，船長只有信賴領航的判斷，我們的領航是位黑膚巴拿馬籍領船員，極富航行經驗，此種不聽指揮的情形也常在別的運河中出現，尤以蘇伊士運河爲最。

在巴拿馬運河兩岸，巴國政府特別還修建許多精美「看臺」，是專爲世界各地觀光人仕乘坐飛機遠地慕名而來此觀賞者。

運河中分成二條平行的水道，其分成二條水道的目的，是爲使相對航行的船隊，在這裏交錯而過，互不影響，我們的船隻自晚七點三十分由大西洋駛入運河，至第二日凌晨一時左右駛離運河而至太平洋，整個航程歷六小時，比蘇伊士運河通過的航程迅速，概通過蘇伊士運河南行船約用十七小時，北行船則約需十三小時，乃因蘇伊士運河泥沙淤積，靠邊的地方，水太淺，船隻不宜航行，因此要想通過該運河的船隻只得在河中慢慢行駛，需時較多。

巴拿馬運河兩岸風光綺麗，由於我們航經運河時適値夜裏，岸邊水草雜生，燈光照耀上面，猶如我們航行在水晶宮裏，間或自旁駛過一艘郵輪，海上笙歌簧樂，幾疑人間天上，至駛離巴拿馬運河長橋 Panama long Bridege（此橋可通美國新墨西哥州），燈光儘熄，黑漆一片，又是茫茫大海了！

民國六十年九月原載中國一周

探親歸來

王伯伯在我們親友之間算得上是令人羨慕的好福氣，因爲他有兩個兒子在美國住了十幾年而且最近他自己也要到新大陸去探親觀光。臨行前長輩們聚集一堂，談話多不離誰家的兒子在美國開餐館？誰家的女兒嫁了博士？誰家兒子已經拿到了「綠卡」，誰家兒子在美年薪若干？眞奇怪爲什麼長輩們不提他們兒子幾時歸國，未來對國家建設的計劃，難道開餐館也要在美國開才算是有出息?!

王伯伯在父執輩們羨艷的目光中登機赴美。有好長一段日子我們沒有收到他片紙隻言，母親常對我說：『大概他在美國過得太快樂，三天請客兩天大宴，被兒子們的盛情所累，因而忘了我們在臺灣的老朋友。』父親說，『因爲美國生活太匆忙，所以大家都沒時間寫信。』我說，「大概是他英文不通，所以不知道郵筒在那裏。」媽媽說：『那他兒子可以代他去寄啊！』是啊！不知道王伯伯爲什麼半年了都沒給我們寫封信？

前天，母親忽然接到王伯伯的電話，我們以爲他自美打的長途電話，王伯伯却說，他就在松山機場，二十分鐘以內就要到我們家，我們當然都極爲興奮的恭候他的大駕，尤其是母親急着想知道他在美的見聞，她這一生最大的遺憾就是我這個沒出息的女兒未能接她到美國觀光，而失去了在親朋中吹噓的機會，見了王伯伯滿以爲他會興高采烈，想不到他却是懶洋洋的樣子，我以爲他是由於旅途的疲勞，當母親問及他在美的生活時，他說：「唉！別提了，我前一個月住在老二家二十天就沒說過三十幾句話。」繼之，王伯伯就感嘆的說：「以後我要勸有兒女的人千萬別送他們出國。」我想也許是王伯伯的兒子在美生活太匆忙，因而冷落了老人，王伯伯說：「才不是，他們的生活就是錢！錢！錢！三句不離錢，有一次我坐飛機時恨不得機身故障，我這把老骨頭的保險金給他們可以過一輩子，幸虧是我親眼親身在美體驗，你王伯母有福氣先走了，要是她去探親回來要更難過吧！」

接著王伯伯和母親就感慨的談及現在的子女是不可靠和不孝順的多，我在旁默默無語，也爲我們做晚輩的疚顏，雖然我不知道王伯伯與他的兒子之間倒底是爲了什麼因而乘興而去，敗興而歸，難道是「代溝」還是中西文化觀點的不同？但是無論如何我的耳根可以稍爲清淨一點，母親也不會再盲目的羨慕別人有兒女在美的「福氣」了。

民國六十三年四月十二日原載新生報副刊

何必出國？

暑假期中很多熟識的親友、同學遠從美國返臺探親，見面談起在美國生活的緊張，謀生的不易，眞是後悔大有何必出國之嘆！昔日，一般在臺的父母總認爲給子女受教育的最終目的就是到美國求學，可能直至目前有一些父母仍然抱著此種觀念；記得昔日我在唸書時就流行一句話「來！來！來！來臺大，去！去！去！去美國。」

因此，大學唸書中的同學成日埋首在ABC中，除了托福考試，不再關心其他任何事，畢業時忙着申請美國大學，親友也都催促著：「怎麼還不出國啊？」似乎任何事情都留待到了美國再解決，不管自己是龍是鳳，不管父母是否能湊足一筆龐大的保證金，借貸也好，典賣也好，可是一待飛抵美國，就感到兩眼漆黑，茫茫人海何處投身？於是乎，英雄不論出身低，餐館中洗碟端盤吧。生活本來就不是一件容易的事，何況是流浪異邦，唸書吧？父母借貸來的錢，何忍一學期投資五六百美元在遙遙無還期的求學生涯中，做事吧？沒有當地謀生經驗又談何容易，如果是女孩子就更嘆芳心寂寞，韶華易逝，因此很多可憐的留學生就在美國一混數年。

回國驚見祖國的繁榮，一些沒出國安份守己的同學如今有的在本身單位做了小主管，有的擁有自己的企業，都不比在金元王國裏混的人差，所謂只要努力，不一定在自己國家就沒有建樹，如果，我們能拿出在美國日以繼夜，戰戰兢兢的苦幹，我們的成就就會比在美國更大。

我是在六年前自美返國，除了任教大學以外還有一份公職，我感謝這一切都是我自己國家的賜給，在當前國際姑息逆流之際，最重要的是保持我們民族的自尊心，我們不要盲目的，追隨外國人，惟有自強才能天助，讓我們這一代的年輕人携手奮發，只要有信心和毅力，又何必一定要出國呢？

民國六十一年三月九日原載臺灣日報副刊

紐西蘭生意經

紐西蘭位於澳洲東南，為一獨立島國，由南島及北島組成。面積比臺灣大六倍，人口則僅二百七十萬。居民百分之九十爲英國移民，百分之七爲當地毛利族，其餘爲歐洲移民。

人民生活水準高，大部分法制及生活習慣沿襲英國。房屋多爲木造或石造平房，前後都有寬濶的庭院，遠望如童話中之境界。紐西蘭盛產牛羊，鮮奶便宜，買一大罐，僅合新臺幣二元。紐人飲奶如喝水，每餐所耗之牛油及肉類，較英美人猶高。

僑居紐西蘭的中國人一萬餘人，以經營果園蔬菜爲主。近年由於超級市場薄利傾銷，水果價格常較華僑商店爲低，所以頗受影響。此外，華僑經營餐館業者六十餘家。

紐西蘭人喜飲濃茶，我國曾有輸出茶葉記錄，以後在茶味與品質方面應謀改進，以擴大輸出。其次紐西蘭電子工業並不發達，目前進口之電晶體收音機，以日貨及英貨居多。我國電子製品輸出以美國爲主，西德及加拿大次之，個人相信可致力開拓紐西蘭市場。至於棉織及塑膠製品，如能與當地超級市場及百貨商店連繫，也可開拓銷路。

中紐貿易，我輸出向以糖爲大宗，輸入則以羊毛爲主，其餘均微不足道。此後我對紐貿易，應可擴大輸出之基礎，以求增進輸入。尤其對於紡織、成衣、電器、茶葉、食品罐頭以及手工藝品，均亟待加強推廣。

紐西蘭自一九六七年七月起改鎊爲元，並實行十進制，卽紐元一元等於一百分。紙幣有一元、二元、五元、十元、二十元、一百元六種。輔幣有一分、二分、五分、十分、二十分、五十分六種。美金一元可兌換紐幣一·一八元。紐西蘭最近幣值稍有波動，物價微揚，因爲一方面受英國經濟不景氣的影響，另一方面出口大宗的羊毛，受到合成纖維的打擊。紐西蘭正待與世界各國展開貿易關係，値得我們密切注意。

紐西蘭的婦女與兒童

今春筆者接受亞太理事會獎學金前往紐西蘭訪問考察。

紐西蘭位於南太平洋澳洲東南，爲一獨立島國，是北島及南島兩大島嶼所組成。紐國人口約有二百七十萬人，爲我國臺灣省五分之一，面積則比臺灣大六倍，島上居民大部份爲英國後裔，少數爲歐陸移民，其餘則爲來自夏威夷及南太平洋上之土著（麻利族人），約佔百分之七。

紐國立國僅一百餘年，爲當今新興國家之一，紐西蘭人生活水準高，由於該國盛產牛羊，人民食肉量較英美人猶多，由於牛羊奶便宜（買一大瓶僅合新臺幣約二元），紐人飲奶如喝開水；紐西蘭的房屋，多爲木造平房，並有前後庭院，房屋色彩艷麗，遠望有如童話中之王國。

紐西蘭因襲英國人的治理方法，社會安全制度之建立爲全世界之冠。人民教育及生活水準高，營養好、壽命長，平均年齡七十八歲。人民富公德心及守法精神，因此社會秩序極爲良好。

在紐其間，我由該國外交部湯普森小姐安排訪問節目，包括厤利民族社區福利、兒童圖書館、兒童遊樂中心、免費國家幼稚園以及威魯頓幼稚師範學院等。

其中在厤利婦女協會接受該國婦女領袖午宴及在師範學院內，筆者均曾演講介紹臺灣婦女地位現況。講畢，該院女同學頗驚訝於我國婦女受教育機會與男士相等，且極羨慕我國婦女地位之崇高。因爲紐國一般婦女，婚後多在家中育兒，料理家事，甚少外出與男子一般工作。

紐西蘭爲世界首先給予婦女投票權之國家，政治上之選擧與被選擧權男女同等，其陪審團之服務，除婦女自願放棄外，亦與男子有同等被選之權利。民事權利在婚姻法上與男子一樣，對子女之權利義務亦然，非婚生子有處理其子女之絕對權，而非婚生子父親則無權過問。

紐國國會，目前有議員八十人，婦女佔六席，其中四人世襲其父或乃夫，僅二人爲獨立選擧當選者。婦女在選擧過程中很努力，但投票率僅及半數，主要原因是婦女興趣仍在安全舒適的家庭生活，因而與政治運動相互牴觸。一般就業情形，紐國並無特別保障之就業法律，因此過去熱中就業者不多，近年來婦女多有覺醒，漸有興趣或部份時間工作，以追求較高之職位。

紐國兒童從出生至十六歲，每週可得半元紐幣之奶粉津貼（紐幣一元折合美金一元一角八分），全部由政府發給，此費用屬於兒童，無論母親就業與否，一律照發，非婚生子的母親可領六元一週之救濟，較婚生子尤多幾倍，此純基於社會福利觀點。

紐國兒童的學前教育，純爲免費幼稚教育以及兒童遊樂園的設置。前者是由政府籌辦，並由政府指派專業老師；後者則由社區內的母親出錢出力，由母親來協助園內教務之進行。該國的幼稚教育是以啓發創造性的生活教育爲主，紐國的兒童教育特別強調幼童玩樂的重要，他們認爲凡是小時候未能充分享受遊樂的孩子，無論精神或體力都不會發育健全。因此在我所接觸看到的紐西蘭兒童，每個都是十分健壯活潑，我很少看到兒童是近視眼或是瘦弱不堪的。歸國後看到國內幼稚園強迫幼兒每日讀、寫，完全剝奪了兒童基本權利，實在令我十分悵觸。

民國六十年三月原載中央日報副刊

紐西蘭的國民小學

今春筆者接受亞太理事會獎學金前往紐西蘭訪問考察該國兒童教育。

紐西蘭位於南太平洋澳洲東南，是一個北島和南島兩大島嶼所組成的獨立島國，人口約有兩百七十萬人，等於我國臺灣省的五分之一，面積則比臺灣大六倍。島上居民大部分是英國後裔，少數是歐陸移民，其餘的就是來自夏威夷和南太平洋上的土著（麻利族人）約佔百分之七。

紐國立國只有一百多年，是當今新興國家之一。紐西蘭人生活水準高，由於該國盛產牛羊，人民食肉量比較英美人還多。牛羊奶便宜（買一大瓶只合新臺幣約兩元），所以紐人飲奶如喝開水。紐西蘭房屋多爲木造平房，並有前後庭院，房屋色彩豔麗，遠望有如童話中的王國。

在訪問期間，我由紐國教育部桑德生小姐陪同訪問該國威靈頓州立小學。這個小學全天授課時間是六小時，一般課程表是由班教師自己排，項目包括數學、音樂、美術、史地，以及閱讀等。紐國孩子極愛問問題，也愛回答問題，一個問題提出全班都舉手。由於教師的責任大，權限也廣，只要認爲可以改善的，就有充分的權力去作。校長和校董在聘請老師任教以後，就授以全權，決不搬出條文規章來麻煩干涉。

在教課時都是由教師提出問題，學生尋找答案。因爲在尋找的過程中可以加深兒童的記憶，這樣要比我們小學老師對兒童刻板講授更好。紐國的小學生，父母和社會對他的要求並不高，既不要求他學貫古今，也不強迫他通曉天文地理，只要求他們會吃會玩就行。紐國兒童教育特別強調幼童玩樂的重要，他們認爲凡是小時候沒能充分享受遊樂的孩子，無論精神或體力都不會發育健全。

紐國小學教育特別重視體育，每星期有一堂游泳教學，天氣雖是十分寒冷，也鼓勵兒童入池學習游泳。由於該國空地很廣，每個社區都沒有兒童遊樂場。下午兩三點下課後，老師帶領做各種球類活動。因爲紐國小學重視體育，課業輕鬆，所以在我所接觸看到的紐西蘭兒童都是十分健壯活潑，而很少看到兒童是近視眼或是瘦弱不堪的。

紐西蘭社會安全制度的建立是全世界之冠，兒童從出生到十六歲，每週可得一元半紐幣的奶粉津貼（紐幣一元折合美金爲一元一角八分），全部由政府發給。這個費用屬於兒童，無論母親就業與否一律發給。紐國自幼稚園起各學校校內都有牙齒健康福利，由住校醫生診視兒童牙齒。再加上牛奶、蘋果的便宜，紐西蘭兒童的牙齒都十分健美。歸國後看到我國一些私立小學或國小漠視兒童健康福利，只是強迫授予記憶式的教育，剝奪了兒童生活創造的權利，實在令我十分悵然。前幾天又讀翁林秋惠女士報導的日本小學情形，更是百感交集。因此向讀者也描述一點紐西蘭小學的現況，給大家參考。

民國六十年五月原載國語日報

威城散記

威靈頓城是紐西蘭首都，該市地形高低不平，房屋建築都是順沿地形，整個街道也是忽高忽低，如果穿着高跟鞋在街上散步，不但容易疲勞，甚至會不愼跌跤。由於房屋都是沿坡建築，重重疊疊，遠望過去眞是幽美極了，這和我們在臺北市極目遠眺，近郊山坡全是墳墓的情景截然不同。

威市對空氣汚染情形十分注重，這一點我們可以從他們市區內的公共汽車設施可以看出，該地巴士全部高架電纜，行駛平穩，駕駛員兼售票員，而且沿途爲顧客服務毫無怨言。紐西蘭婦女上街購物，喜歡推著嬰兒車漫步。有一次，我在候車時，看見一位少婦推着嬰兒車準備搭車，我奇怪她那部龐大的嬰兒臥車如何能提到巴士上，此時車上的駕駛員走下車來，將嬰兒推車放在巴士門邊底下的一個凹口處，那個凹口約有一個辦公桌面積適好可以放下一輛嬰兒推車，至目的地，駕駛員也會爲該嬰兒及母親服務，將推車從底邊取出，這雖然是一件小事，可是看在我這個異鄉小婦女的眼裏眞是覺得無比的溫馨，紐國重視兒童福利，威市眞正做到了爲民服務，這是我在東南亞國家甚至美國訪問中所未曾見及的。

紐國人民生活安定，性喜悠閒，不喜過匆忙的緊張生活，一般家庭、學校、機關都盛行「上午茶」及「下午茶」，公務員在辦公室內也備有咖啡壺，及小餅乾，上午茶的時間通常在九時半左右，下午茶的時間則在三時左右，餐前的一杯咖啡及小甜點頗收提神之效，難怪我在紐國時三餐之間從未感到飢餓過，醫學上也認爲三餐中間的點心對健康頗有助益。

紐國原有當地居民爲毛利族人，威市近郊居有甚多毛利人，毛利人黃膚，捲髮，性情好客，對人極爲熱情，天性喜愛唱歌。紐西蘭政府對毛利民族福利極爲重視，除了提高毛利人教育程度，優先介紹職業，分配國民住宅外，甚至積極鼓勵白人與毛利人通婚，如果拿紐西蘭的毛利人與美國的黑人來比較，紐西蘭的毛利人眞是天之嬌子，這一點應該是大英帝國移民後裔紐西蘭人的聰明之處。

民國六十一年十月二十八日原載聯合報副刊

牧場的情思

初抵威靈頓，那裏的一切都叫我迷惑叫我歡欣，我原是被派考察紐國社會福利的，但是我却愛上了紐國的畜牧事業，有一天，我隨同房東太太麥可往她牧場參觀。

牧場建在山坡上，雖然不高却夠我有伸手探雲朵，仰天長嘯的舒服感覺，那兒沒有轔轔馬馬，也沒有喧喧市聲，只有蒼穹對心靈的吶喊，碧草滴露對心靈的滋潤，我趕忙脫去脚下笨重的鞋子，踏在很實在的泥土草地，那片油綠，蘇醒了我的心神，激起了我濃濃的喜悅。

紐國並不富裕，但是牛羊却是擧世聞名的，每個山坡幾乎都擁滿了牛羣羊隻，從小蟄居在城市裏，看到那肥壯龐大的牛羣令人體會出萬物的生機，撫摸牛兒那強靱有力的肌肉，一種民胞物與的感覺沁入心脾。遠處山巔上有無數雪白捲毛綿羊在望，羊兒性情溫軟，如果你喜歡可以抱着羊兒在山坡到處遨遊，小羊在懷裏無比乖巧，有時還發出哶哶的鳴叫，莫非是牠驚訝於我這個異鄉人的撫摸？小小羊兒要回家？

紐國風景幽美，多山谷平原，少叢山峻嶺，想我大漠南北風吹草低見牛羊的雄壯，何時能神遊故國的牧園？

民國六十一年八月原載新生報副刊

紐西蘭人與運動

筆者今春接受紐西蘭政府邀請，前往該國參觀訪問。

紐國位居南太平洋，是由南北兩大島嶼所組成。面積約比臺灣大六倍，人口只有二百七十多萬。人民純樸，大都是英格蘭、蘇格蘭人的後裔。南太平洋風光綺麗，花卉茂盛，向來是「世外桃源」。

紐國土地有三分之一是草原，三分之一是森林，三分之一是高山。終年長青的草原不但是紐國豐富的資源，同時提供紐國人民比任何國家更多的戶外運動機會。因此，紐西蘭人自幼就受鼓勵多運動。每個社區必有廣大的運動場以及幼童遊樂場，場內遍設高梯、鞦韆，供兒童使用。紐西蘭人連陰雨天都不放棄戶外活動的機會；朋友聚在一起，談的都是個人的運動經驗，每個人必定有自己喜歡的一項運動。

學校多提倡棒球、壘球、網球以及籃球的運動，高爾夫球在那裏不是奢侈的運動，紐國約有八萬人喜愛高爾夫球。紐國有許多優秀運動員得過奧林匹克運動會金牌獎。

民國六十一年九月原載國語日報

平凡中的樂趣

婚前，當我還是個女孩子的時候，我有滿腦子的理想與抱負，總認爲女人該具有的是橫溢的才華，纖細的思維與韻緻，柴米油鹽會玷污了明澈的心湖，我才不甘於庸俗呢！

因此，在大學裏，當別的同學正忙著談戀愛的時候，我却每日埋首在圖書舘中，整日與書本爲伍。畢業後，我留在母校執敎，此時結識了明，照理說應該論及婚嫁了，但是眼看着一個個同學出國了，於是我的心也爲之所動，爲什麼自己不出國喝點洋水呢？

想不到報名參加留學考試居然錄取了，等到收拾行囊時，才感到離情別緒的滋味，在機場上無數送行的親朋中，我惟一企盼的只是希望見到明，等到他來與我握別時，機場過境室中玻璃門已經關了，記不得自己是怎樣踏進超音速的機門，就這樣我在淚眼漣漣中飛渡了太平洋。

在美國艱苦的學習生涯中，使我深深體念到什麼才是女孩子應該追求的，碩士甚至博士的頭銜並不能給女人帶來幸福的保障。大多數在美求學的男孩子，由於生活的現實，找女孩子玩是一回事，結婚又另一回事，所以在美國好些中國女孩的心情是沉重而徬徨的，這些苦楚常常無法向國內的親友們說，使得國內千萬顆父母的心，常爲了女兒的婚事焦急無比。

五十六年夏我結束了學業，告別了那塊別人心目中夢境般的新大陸，回到了明的身邊。婚後，我們有了屬於自己的家，明不但對我溫柔體貼，而且在事業上也是努力無比，由於彼此熱愛與相知，我們有充份的信心渡過任何艱苦的歲月。

龍兒的降生，帶給了我們更多的樂趣，爲了做一個更盡責的妻子與母親，我辭去了一份令人羨慕的工作，謝絕了所有的應酬，在寶寶的奶瓶與丈夫欣慰的眼光中，我有無限的滿足。

我是個平凡的女人，能擁有這些，我還再奢求什麼呢？

民國五十七年四月二十四日原載青年戰士報

小病勝新婚

記憶中我很少生病，婚後，除了生產住過二次醫院以外，此外就再也沒向醫院「奉獻」過，自從有了孩子就再也不敢生病，偶爾有些小毛病睡個覺，冲個熱水袋暖暖脚也就不藥而愈了。

想不到一向自認爲強者的我，病起來却是軟弱無比。剛開始脚疼的利害，晚上不能翻身，那股酸疼刺骨，眞是難忍，第二天簡直寸步難行，這回我那個「黑漆板凳」，知道我眞是病的不輕，也開始著急起來了，可憐他白天在工地忙了一天，回來還要替兒子洗澡，半夜爬起來侍候病妻，在外面做事心裏也惦念着家裏，小家庭夫婦是支柱，誰也不能病倒。

第三天，我實在支持不住，由他扶着我住進了馬偕醫院，由於大腿疼痛無比，在醫院裏都是由輪椅，推我進X光室照片子，兒子和他都在我的身邊，當時我心中暗想，如果X光顯示我是骨癌的話，我就要撇下他們父子二人，這該叫我多不放心！想到婚後有時意見不和的爭執，又是多麼的無意義啊。以前總覺得他粗心，不關懷我，如今病中才發現他有他溫柔體貼的一面，只是不善於辭令表達自己。

據醫生表示；X光顯示我腿部沒有什麼異狀，初步推測可能是風濕性心臟病，一聽心臟病，我又開始着急了，除了上班以外，家務重擔如何叫我能得心臟病？好在外子安慰我，暫時住兩天醫院看看。

病房中，我看到比我病得更嚴重的病友，病中才知道健康的可貴，外子一直隨侍在側，有時候抽空回去看看兒子在家是否安好。我病了二天，他也消瘦了，在醫院中住了三天，打了消炎針，鹽水針，病情減輕了許多，我就開始着急，希望快點出院。

回到家中，發現他把家整理的有條不紊，窗明几淨，覺得他眞是一個好丈夫，只是以前忽視了而已，我躺在床上八歲的兒子一直依偎着我，一會兒替我倒茶，一會兒給我拿熱毛巾，我想爬起來做點家事，「老爺」就會體貼的說：「還是我來麼，免得你又累着了。」

以前我默默的做着家事，他們爺兒倆從不欣賞，有時「老爺」回來還會官腔兩句「家怎麼那麼亂？」，病後，也許是他「天良」發現，或是女人病弱惹人憐，我這個黃臉婆又變成他新婚時期的「嬌妻」了，小病勝新婚，也許是我這一次病後的惟一收穫。

民國六十四年三月五日原載中央日報家副版

愛的旋律

愛情是株嬌嫩的花草，必須加以保護及培育才會綻放出美麗的花朵。戀愛時期的夢境美的有如雨後的彩虹，黃昏的晚霞。然而誰能使彩虹、晚霞不消逝，愛的花朵永不褪色呢？婚後，由於工作以及孩子的降臨，我和他每天爲了自己的小家庭忙的團團轉，成日幾乎連一句話都沒時間講，生活變的平凡，單調而乏味。

自從上個月他拿了考績獎金偷偷的買回一架錄音機回來以後，我們的家庭充滿了愛的音響變的溫馨無比；他喜愛輕音樂以及交響樂、協奏曲。每當我們下班以後他不再抽煙、皺眉，泡上一杯香片茶，扭亮客廳小燈，我們一家都沉醉在愛的音符與旋律中。一時令我彷彿又回到十年前我們戀愛時的情景，是那樣的甜美與羅曼蒂克。

每當我們扭開機鈕，兒子也會靜靜的依偎在我們膝下諦聽我爲他解說樂曲中的故事，夜深人靜孩子在樂曲的催眠中深深入夢。夜半無人私語時，是音樂使我們回憶起往日戀愛中的甜歌，愛與無邊的幸福洋溢在我們小小的愛巢中。

民國六十四年三月二十日原載中央日報家副版

樂擁新廚

婚前，每當看到畫報上整齊清潔的廚房圖案，常令我爲之神往，婚後，最初我們是租屋而居，談不到什麼室內佈置，因之廚房也就因陋就簡，直到前年，我們擁有一座二十四坪的樓房，可是由於分期付款，買了房子，其他東西在每月固定的薪資之下什麼也不敢添置，新屋的廚房雖然白磚砌成的水槽、爐台倒也乾淨，可是我總覺得還是不夠方便與理想。

外子深知我對廚房改革的願望，常常安慰我，只要我們稍有積蓄，第一件事就是裝置我的廚房。上個月，我回南部省親，想不到他竟利用三天的時間，買了一套不銹鋼橱具；他利用原有的廚房位置一邊安置洗菜槽，料理台，爐台，另一邊掛配膳台，橱櫃，整個佈置很對稱，主婦站在廚房中間工作，移動的範圍不大，方便又省力，對我而言眞是一件喜事。「工欲善其事，必先利其器」。廚房的合理化將可減少烹調的單調乏味，除了一套光可鑑人的不銹鋼廚具外，他還在冰箱上放了一台電晶體收音機，每當我在廚房工作時還可以欣賞到仙樂飄飄，眞是不亦樂乎，難怪我和他一下班後就回到廚房拿起炊具，尤其是我更是樂爲炊調。

民國六十一年二月原載民族晚報

購買的愉悅

從前農業社會定時的趕集是農民的一件大事。只要是集的日子，從各處擁來的人羣，加上討價還價的喧鬧聲，充實了市場的趣味。現在工業社會，人們沒有農村社會那樣淸閒，要想買東西只有在百忙中抽出時間，因此百貨公司應運而生。因爲在百貨公司裏凡是食衣住行，你所需要的物品一應俱全，只要你口袋中「錢來也」，足不出戶，打電話也可以服務到家。現在各大百貨公司又新添了地下室超級市場，對忙碌的主婦說眞是佳音。星期假日，乘着添裝的時候，把小寶寶帶去往育嬰房一放，或是讓孩子在遊樂園裏玩耍，自己就可以安心的選購貨品。在這裏沒有魚腥肉臭、濕淋淋的泥巴地，也不會有和菜販一元、五角的還價戰。各類物品陳列得井井有條，衞生可靠，現代的婦女眞是有福了。

我喜愛逛百貨公司，因爲看「櫥窗展覽」也是一種享受。有時候也許並不想買什麼，單看櫥窗的擺設，講究的餐具，美麗新款的衣飾，琳瑯滿目的家庭用品，除了滿足個人的視覺美感以外，也替自己上了一課色彩學，或屋內裝飾的課程。經常瀏覽百貨公司，注意各項新發明的物品，是一項書本外的知識。在現代社會中，如果你三個月不逛百貨公司，就有孤陋寡聞的感覺。假日抽空逛逛百貨公司，也可以調劑一下一週工作的疲勞。

不過百貨公司雖好，却也有美中不足的地方。例如懶洋洋或是趾高氣揚的店員，常會損害顧客的自尊心。本來年輕的櫃臺小姐應該朝氣蓬勃，但是也許由於長時工作的疲勞，使她們不能笑臉迎客。歐美各國百貨店員多半是三十歲以上的婦女，她們對人和藹可親，左一句「甜心」，右一句「親愛的」，聽在我們東方人的耳裏稍感肉痲，但是在盛情難却之下，使人不由得要掏出錢來買一件物品酬謝她的盛情。笑臉攻勢要比冷臉對人容易賺錢得多。

其次，我不喜歡百貨公司那種買一百送五十的不實的宣傳，或是猜獎還本的招徠手段。我希望百貨公司眞能做到薄利多銷，信用誠實的地步。美國百貨公司廉價部賣的是稍爲過期但品質不差的物品，不像我們這裏用水淹品，外銷退貨品來利用人類愛貪便宜的弱點。他們常發行一種「郵票」給顧客，每次看貨品價格高低發給多寡，集到一定數目就贈給某種價格的物品，因此每個大百貨公司都有一定數目的顧客。

我愛百貨公司，因爲它代表社會繁榮，反映人民經濟生活進步，這些是共產社會的人們享受不到的！

民國六十三年六月四日原載國語日報

十年有成

今年是我和外子結婚整整十週年，回想這十年的婚姻生活，由我們赤手空拳到現在薄有家產，眞是苦盡甘來，猶記初婚時，外子還在大學補修學分，我剛找到一份工作。結婚喜宴結算下來，僅存八百元，爲了第一個月的生活費用，只好取消我倆的新婚蜜月旅行，在家裏聽收音機，騎車到郊外散步，如今回想起來，仍然十分甜蜜，絲毫沒有寒酸之感。

龍兒的誕生，使我們感到做父母的不易，因爲有關嬰兒奶品、尿布，一切都要靠我們去張羅，好在外子此時在工廠裏覓得一份高職，我則除了公務以外，又兼了一份教職，經濟情況略有好轉，此時我們以分期付款以及平日積蓄，買了一戶公寓房子。所謂有「恆產始有恆心」，至此我們工作更爲辛勤，共同爲自己的愛巢耕耘，爲自己的小天地而努力，我們的銀行存款逐年逐月有增無減，無論任何時候我都確守一項原則，那就是錢在賺進來以前，絕對不預先支付出去。我們很少購買分期付款的物品，因爲我害怕那種償本還息，寅吃卯糧的後果來追求生活上的享受。

十年來我們深受儲蓄之惠，聚沙成塔，集腋成裘，我們還要繼續遵行此信念，以期在未來的十年中，我們的家庭生活更爲富足，我們的國家社會更爲繁榮！

民國六十四年四月十日原載中央日報副刊

當晚霞滿天

每當黃昏晚霞滿天之際，我都倨守小園盼望你的歸來；每當遠遠的見及你那熟悉的身影，我都會感到無比的滿足和幸福；這是我忙累終日期待的高潮。清晨當你步出小小的家園，和我在凉臺揮手道別之際，我就盼望晚霞滿天的時辰，因爲那個時候的再見又帶給我們一天風平浪靜的幸福，我只企求你安然的歸來，那怕是你空手而歸，我只但願人安樂；我不懂爲什麼許多貪婪的妻子只會關心「收穫」？

抵家的一刻是激奮的一刻，稚子迎門，妻子含笑，將可慰你在外奔波的辛勞，家中，早有一頓豐盛的晚餐在等着漁人的歸返，當然，少不掉還有一杯濃郁的香茗讓你慢慢品嚐。

當晚霞滿天，我們挽手漫步紅磚道上，迎面走來一對年老夫婦走得好慢好親暱，想必他們也是依戀這黃昏美好時光，愛情使人不用寂寞，盡是回憶，也足夠打發朝朝暮暮。

當晚霞滿天，飛倦的鳥兒也已歸巢，迎接我們的即將是一個寧靜，溫馨的夜，倆個人同心合力且把槳兒搖，搖向那同一個燦爛的彩霞，漁人的袋子裏永遠塡滿了眞實、美好和希望！

民國六十四年八月十七日原載新生報副刊

家的呼喚！

處在今日動亂的時代，每個人似乎都難以安於現狀，似乎人人都想離開安逸舒適的家園極欲往外奔馳，一心渴望着能有奇蹟的發現；於是年青人厭惡平靜沒有波濤起伏的家庭生活，迷戀聲色場合的丈夫遠離妻子兒女，愛好虛榮迷途的婦女忘了自己的責任，這些人都漠視了家的呼喚，但是離開家眞的就能尋得自己所要奔向的地方嗎？

太空人，阿姆斯壯曾說：「不論你在何處旅行，回家總是好的。」的確，我曾經有二次去國的經驗，可是總是一踏到異國就計算着歸國的日子。猶記那次決定自美返國，登機前，送行的同學都勸我繼續留下，可是在走向自己國家的道途中猶如陶淵明歸去來辭中所描述的「舟搖搖以輕揚，風飄飄而吹衣，問征夫以前路，恨晨光之熹微」，所不同的是當時自己深深有一份近鄉情更怯的悵惘，沒有陶淵明那種僮僕歡迎，稚子候門，攜幼入室，有酒盈樽的歡愉之情，然而無論如何，回家總是好的。

飛鳥有巢，狐狸有洞，茫茫大地，芸芸衆生地球上最溫馨令人撫慰的地方是自己的家，朋友！不記得歸程，何能尋到去跡？

民國六十二年元月八日原載新生報副刊

家的眷戀

華燈初上，夜幕低垂，我輕輕的拉上綠色窗帘，讓無邊黑夜關在窗外，讓愛的溫馨留在室內，龍兒在桌上靜靜地繪圖，外子坐在沙發上，飯後一根烟，賽過活神仙，正在享受噴雲吐霧的清福，我忙完家事以後，在柔和的燈光下，且把好書品嚐，一天的工作辛勞，很快的消失淨盡，一杯香茶，使人回味無窮，有什麼比家的溫暖讓人留戀？有什麼比天倫樂更使人鼓舞？

可是，今天這紛擾的世界，眞正能夠擁有安寧和幸福家庭的人，眞是爲數不多。有的家庭，父親棄子女不顧，貪戀另一個女人的美色，有的家庭，主婦不能站在自己的崗位，做着虛榮的美夢。尤其不幸的是，打開電視機那越南、高棉激烈的砲火摧毀了多少個幸福的家園，許多父母爲了子女的一線生機忍痛將孩子送往孤兒院，踏上美國以求生存。

因此，我十分珍惜家的寧靜與幸福，也祈禱上蒼賜給我們國家和平壯大，每個家庭都能和睦健康。

民國六十四年五月五日原載民族副刊

黃昏之戀

許多婦女在年輕時常利用其美好的面龐，誘人的身材來維繫丈夫的情感，及至年華老去時，不免深嘆年華似水，人老珠黃的感觸，每天鬱鬱寡歡，或是企圖利用美容術，化妝品來挽回逝去的青春，其實，隨着年齡的增長，我們大可不必惆悵，年長雖然某些方面不如年輕好，容貌上不及年輕時美麗，可是中年婦女有更好的理智及判斷力，聰明的體察人生。

黃昏之際，夫婦生活不再有浪潮，平靜的生活，有助於彼此感情之培養，同時，此際兒女均已成人，薄有資產，夫婦倆人可以放心的遨遊四海，相伴相隨，共嚐畫眉之樂，這時候倆人也不會像年輕時的火氣，夫婦生活將更融合，互相安慰，互相慰藉。正如某個哲學家所言，「老妻發現老伴襯衣上有口紅印不會發怒，而是輕輕的把它揩拭。」黃昏的戀情是令人敬賞羨慕的，當然此處所言黃昏之戀是柔和平靜的夫婦「深情」，而非老夫少妻那種黃昏之戀的「激情」。

民國六十四年六月九日原載民族晚報家庭副刊版

搬家樂

記得結婚時母親對我選購家具時專門挑選摺疊家具以及袖珍型家具而感到奇異時，我告訴她，小家庭在今日工業社會流動性大，除了職業上必要遷移外，有了孩子為了孩子上學以及社區環境的選擇，可能也會有遷移的必要。婚後外子對我這一著高瞻遠矚佩服的五體投地，事實上婚後我們已有五度搬家的紀錄，昔日交通不便情形下，孟母尚有三遷，如今登陸月球將進入太空之際，五遷大概也不算多吧，今後的展望，隨着孩子的長大，可能還有搬家的打算。

中國人的傳統是墨守以及安土的思想，可惜我的外祖父母，當母親隨神州失守有遷臺的打算時，他們堅持大亂回鄉的原則而淪陷大陸，害得母親朝夕思鄉，想念成疾，我這點喜歡搬家的習性可能是種因於數年前在國外留學的流浪生涯，那時候由於唸書以及打工的關係經常由東到西，八千里路來回於灰狗巴士上，每當搬家之際，睹舊物而難免有悵惘之情，但是很快的一個新環境需要我去摸索，去應付，所以帶給我的又是一種緊張後的鬆弛之情。

搬家對一個主婦而言確實是辛苦的，但是却也可以達到汰舊換新的目的，由於我們儉樸的天性，一塊破抹布也捨不得丢棄，但是那些破鍋、破掃帚往往是蟑螂的溫床，反正搬家時順理成章的就去舊換新而不覺得浪費了，每搬一次家，必然會引發我們重新來一陣室內佈置和油漆粉刷，帶給我們夫婦共同佈置新屋的愉悅，一些新的鄰居來探訪，正好又讓我們做了次成功的家庭外交，無數新的環境、新的朋友，讓我們去交際瞭解，替我們家庭生活憑添了不少話題，因此之故，對我這個主婦而言，搬家非但不以爲苦，反而興致大的很呢！

民國六十二年十一月二十四日原載新生報副刊

一個孩子樂趣多

多子多孫一直是國人的傳統觀念。隨着時代進展，這個觀念也有了很大的改變。以前我們的家庭計劃政策鼓勵養育三個孩子，最近數年來又鼓吹兩個孩子不算少。現在世界上已有人口爆炸危機，爲什麼我們不鼓勵年輕夫婦只生一個孩子就夠了呢？這是一項大膽的創論。年來能源枯竭，糧食不足，人類活動的空間愈來愈小，提倡只生一個孩子，正是合適之舉。

我受完研究所教育，自美歸國時已是二十六歲，我在二十七歲時結婚。次年我們唯一的兒子誕生後，我們就決定只要一個孩子。也許有人以爲我們是貪圖享受，其實完全不是那麼一回事。我們除了傾全力養育教導孩子，我們還有餘暇照顧自已年邁的父母。常見許多家庭的年輕夫婦忙着照顧自已的下一代而將雙親置之一旁，無法盡奉養之責。如果只生一個孩子的觀念普遍了，這種情形就會改觀了。

我雖只有一個孩子，仍然感到一天的時間緊得很。我除了一份公職，還要教書、寫作、照顧老小、打掃庭院，眞是忙得不亦樂乎。外子和我全心貫注在小兒的身上。孩子還小時，他幫我沖奶，換尿布……分擔我的辛勞。小兒漸長，我問丈夫是不是還要再生一個兒子或女兒給他作伴？外子說：「不需要」。我們的孩子並不寂寞，他有一大堆教育娛樂性的玩具，還有許多鄰居小朋友和同學跟他作伴。他爲了爭取玩伴，個性很隨和，與每個小朋友相處得都很好。

一個孩子的好處很多。我們不必爲兒女們吵架勞神。隨着幼兒的發展，我們隨時修改自己的教育政策。我們尊重孩子的個性和自尊，注意他的身心發展。我們只希望他生活愉快、幸福，從不施予任何壓力或要求虛名的回報。

我們只有一個孩子，因此能有高水準的生活，事業上的發展也極順利。最令人欣慰的是一個孩子的家庭，夫婦感情大半都很恩愛。我們結婚十年後，外子與我的感情有增無減。我們兩人都熱愛對方，也熱愛我們的孩子。無論到那裏，我們都是一家三口，其樂融融。

孩子多並不眞是夫妻感情的憑仗。我眞不懂爲什麼有些婦女生了一個兒子，還想再添一個兒子；如果生了女兒絕不罷休，甚至到了「七仙女」的地步，仍然還想繼續生產。其實，就算一舉得女也是掌上明珠啊！何必讓人譏諷是瓦窰呢？

一個孩子的好處眞是說也說不盡啊！

民國六十三年三月號原載婦女雜誌

我只生一個孩子

記得在大學時一位人口問題教授對我們講了一個笑話，他說，家庭計劃人員在印度大肆宣傳節育與家庭計劃的好處，可是當地人民毫無反應，於是執行計劃官員在各處張貼了「兩個孩子恰恰好」的海報，吸引人民的注意，有一位印度老兄看了竟用憐惜的口吻說：「好可憐啊！只有兩個小孩。」

今天印度有數億人民在饑餓線上掙扎，這可以說是他們人民對家庭計劃認識的淺薄。現今世界各國都在為人口問題而大傷腦筋，人口問題將是七十年代最大的困擾，如果我們再不節制人口，漫無計劃的濫育下去，人類面臨的將是悲慘、可怖的局面。

我的家庭只有一個孩子，不但外子認為夠了，就是公婆也說一個孩子不算少，只要教育好。我們有足夠的時間教育這一個孩子，也有足夠的愛贈與他，我不明白為什麼人們總愛提倡兩個以上甚至四五個孩子以上的家庭才是多福家庭，現今工業社會，誰也不能指望養兒防老，那麼又何苦增加自己的累贅呢？

由於只有一個孩子，我在公餘之暇還能繼續執教、研究、撰稿，沒有放棄自己當年的理想，如果再多一個孩子，我想自己可能就要放棄一些唸書進修的興趣。外子和我今年還不到四十歲，我們置產之外，尚有餘錢購置一輛代步工具——「跑天下」轎車。執筆至此，我無意炫耀自己的財富，但是我要強調的是，子女少，好處多，千萬別執着多子多孫的舊觀念，畢竟生養孩子是一種責任，而非「投資」，如果沒有足夠的能力，大可不必把一生歲月用來生一大堆孩子，結果不但做父母的勞苦，孩子得不到好的生活環境和教養更苦！

民國六十四年十月原載中華日報

馳騁樂逍遙

那天驅車經過青年公園，看見堤下新闢了一個跑馬場，幾十匹高大的洋馬，正在場中昂首邁步，許多年輕朋友在馬背上的氣宇軒昂的模樣，令人欣羨。外子生長在漠北，自幼就愛騎馬，兒子看了也忍不住歡躍，於是爺兒倆買了票，牽一匹棕色俊駒就在堤下場內馳騁起來。

兒子起先不敢坐上馬鞍，看見爸爸在旁權充馬夫牽着，膽子就大了。後來父子倆一齊騎着，在場子裏奔馳，其樂融融，我坐在木欄外草地旁放眼遠眺，淡水河在望，遠山沐浴在奪目的晚霞下，構成一幅絕妙圖畫，使人覺得俗慮全消，心曠神怡。

我常想，父愛有時比母愛更重要，因爲父親是男孩子行爲的榜樣，女孩子心中異性的典範。遺憾的是許多父親也許爲家庭生活奔波，或是個人其他應酬而忽略了對兒女的關愛。

歸途中，兒子和外子津津樂道騎馬的樂趣，我雖沒有試騎，但是也分享了他們爺兒倆的快樂。感謝外子拋下百忙業務，陪伴我們外出遊玩了一天。

民國六十四年十月十八日原載國語日報

龍兒失竊記

由於龍兒是我們惟一的孩子，自幼缺少玩伴，因此，外子爲他買了不少新潁的玩具，他認爲有益的玩具可以促進兒童的想像力與創造慾，只要在我們能力範圍許可之內，我們都會爲他選購優良的玩具。龍兒鍾愛也善待他的玩具，他常常省下糖菓錢，年節極少購買新衣，爲的是讓我們能有餘力購置他心儀很久的玩具，日積月累，在他的房間內壁櫃玩具架內擁有遙控坦克車，電動發射機關槍，以及他最崇拜的青鋒俠鐵車，蝙蝠俠鐵車，雷鳥神機一至五號，這些都是他在電視卡通裏看到的偶像，他把他們佈置成「戰場」和「基地」，每天可以在自己房內，比劃和消磨幾個時辰。

除了玩具是他極大的嗜好之外，他外向喜愛結交朋友，因此，雖然家中只有他一個孩子，但是他極少感到落寞的時候，我們對他的朋友極爲歡迎，偶爾只要我有空在家，都會爲他的小客人略備茶點，讓他們玩的盡興而歸，龍兒只要有新的玩具，也極樂于與小朋友分享。

可是最近却發生了一件不幸的事情，前天，龍兒在臨睡時發覺他最珍愛的蝙蝠俠鐵車及鐵船，居然不翼而飛，因此，痛哭失聲，那天中午只有一個他剛認識約莫十歲左右的男孩來與他遊玩，我因爲忙着家務，沒有注意他的名字。掉了的東西，很難尋回，我只有安慰他，潑在地上的牛奶就讓它乾了，再哭也沒有用，龍兒在我和外子的安慰之下，帶着難過和一雙紅腫的雙眼漸入夢鄉。

龍兒熟睡以後，我忽然想到「偷竊」在兒童教育上是個十分重要的課題，小的時候，由於孩子年幼無知沒有人、我與物權的觀念，但是一個十歲的孩子，應該能判別是非了，也許這就是他走入歧途的開始，拿走了這兩樣不算便宜的玩具，不知他心會不會安？這時我眞責怪自己太粗心大意了，如果我能在暗中留意，也許可以糾正他的不軌了，不知道別的父母是否在孩子回家以後會檢視孩子的書包和口袋，我每天都親自整理孩子的書包及衣物，如果發現有不明物件，我也會追查物件的來處。

第二天，龍兒起來，因爲是春假，他就在居處附近等待希望那個孩子能出現，可是等待到近午，仍然不見芳踪，他只有頽然的返回自己的房中，傷心的檢視自己的玩具，此時，我乘機告訴他「財不露白」的意思，因爲對孩子而言玩具就是他的財產，但是八歲的龍兒怎能懂得防人的大道理？到了下午，他似乎有點忘懷和釋然了，一邊玩，一邊哼着流行歌曲——「忘了吧！再想它又有什麼？還不是煩惱多一重……」，藉以自慰，我向他開玩笑的說，四川有句俗諺說，「積積攢攢，買把洋傘，一陣狂風，吹成光桿。」還好，他慈悲，拿走龍兒三輛鐵車，還有些八勇士、印弟安小人他沒有納入褲子口袋。

晚上，外子回來的時候，我們商量利用他的獎金，和我微薄的稿費，上街再爲他添置壹貳有教育意義的玩具，當然這個月我的春裝計劃只有擱淺了。有時候，我眞想不通爲什麼有些家長，常願意化很多錢爲孩子買衣服或是糖菓零食，而吝嗇孩子的玩具費用，在百貨公司內，我常看見孩子在玩具櫃前賴着哭喊，而作父母的竟然視而不見認爲買玩具實在是「浪費」。玩具是兒童心靈的滋潤，直到三十歲，我還忘不了父親第一次給我買的玩具狗熊，爲什麼我們不給孩子們一個快樂童年溫暖愉悅的回味呢？

民國六十四年五月五日原載新生報副刊

一項正確的抉擇

今年龍兒自幼稚園大班畢業，歡天喜地的進入了居家附近大安區建安國小，猶記暑假前外子與我一直在爲兒子應該讀私立小學還是國民小學而煩惱，其實眞是庸人自擾，相信大多數的家長與我以前一樣，都曾經自討苦吃過。

過去由於友人的遊說，龍兒曾誤入私立幼稚園，該幼稚園是北市「首屈一指」十分聞名的，三年以來，使我這個曾經在接受「小兒科」教育——兒童發展學——的人，實在是大失所望。首先，我發現該幼稚園玩具是鎖在櫃子裏的，連一塊可堆積的積木都沒有，園生犯過會被關在黑屋子裏，偶有錯失，則遷怒父母，罵父母無能教育子女。年節必須孝敬老師，也許這些例子很少被家長報導，因爲這是周瑜打黃蓋，願打願挨，誰要一般人貪慕虛榮，送子女入私立學校受罪呢！幼稚園升大班，大班將升小學，奇怪的是入學資格居然以家長能夠出多少錢爲準。至此，我恍然大悟，私立學校嘛，當然要靠學生無止境的「奉獻」。進入建安國小，我發現國民小學比私立學校起碼要大兩三倍，空氣好，場地大，老師都十分和藹可親（誰說國校老師不負責任），龍兒與一般小朋友一樣，不用像在私立學校「穿」要外國貨，「吃」要大蘋果，每次捐款非「兩百元」不好意思拿出手，在國校沒有這一切苛捐雜稅。記得有一次龍兒班上為了捐款給聾啞兒童，他出了十塊錢贏得全班之冠。我所以舉出這點，是證明國小能體諒家長賺錢的艱辛，戒除學童浪費，為孩子建立良好的榜樣。

我每次到國小接龍兒時候，發現一年級小朋友十分活潑可愛，與老師一起唱遊同樂，孩子們沒有塡鴨之苦，我眞不懂為甚麼一些私校低年級必須要上一天課？望子成龍，固然是一般父母的期望，君不見西歐各國小朋友功課輕鬆，但並不見得愚昧無知。我們為甚麼必定要灌輸我們的小國民學富五車呢？

我慶幸龍兒納入了國家正統的教育正軌，也看到了政府對我們國民的用心與體念。最近更聞國校將設立幼稚園，政府對學前教育也十分重視了，做家長的我們是不是也應該端正觀念，何必為了自己的面子，一定要把自己的子女推入私立小學去受塡鴨教育的煎熬呢？

民國六十二年十一月五日原載國語日報國民小學版

塑像的啓示

最近我們辦公室樓下花園裏增添了兩座塑像，都是至聖先師孔夫子的塑像，一座是褐色古銅像，另一座則是青銅顏色，有一次龍兒下班時到辦公室找我，我們一齊在瞻仰孔夫子聖像時，他驚奇的問我：「媽媽，爲什麼孔老夫子背後還掛了一枝劍？」

在我們印象當中孔夫子是讀書人，尤其是小孩子認爲孔夫子是不該善鬪的，於是我乘機予以機會教育告訴他：「孔夫子不但書唸的好，他同時也主張每個唸書人要會練習身體，強健體魄，這樣才能報效國家。孔夫子主張禮樂射藝書數，可見他不是一個專門提倡唸書的書呆子。」

由龍兒的問語當中，忽然發現我們的教育是不是違背了至聖先師的旨意？今天我們學生大多數時間都化在書本上，而荒廢了身體的鍛鍊，第二次世界大戰時德國人對他們兒童的國民教育第一步就是鍛鍊強健的身體，其次才是知識的傳授。

內政部爲免一般人對孔子聖像模糊的概念，特別塑造了數座聖像做爲範本，我希望今後在價格上能夠普及一般人購買，如果在家庭內書房中也能放上一座不大的孔子塑像，眞可以激勵我們後人對我們一代先聖崇拜及仰慕，讓我們小國民體念到至聖先師的偉大，更能夠瞭解孔老夫子對教育的一番苦心。

民國六十四年一月原載中央日報副刊

購書記

週末，決定不帶兒子郊遊或看電影，而帶兒子上國際學舍看書展，因爲我發現暑假一個月的休閒更助長了他的「野」性，必須藉著文字的芬芳來陶冶他；進得會場熱氣撲人，我們娘兒倆分別在自己所喜愛的書攤上逗留，兒子翹起小脚，鑽著頭尋找他喜愛的書，我偏愛散文，也喜歡小說，那一本本精美的書册令人愛不釋手。

雖然沒有冷氣，誰也不怕熱，因爲書中的智慧令人陶醉，油墨的香味令人心境清涼。黃春明的「沙約那拉，再見」「小寡婦」購買的人最多，余光中的「望鄉的牧神」以及「聽！聽那冷雨」，筆觸細膩，刻劃最深，顏元叔的「人間烟火」，詼諧而令人回味，此外尚有許多年輕的作家，陌生的名字，但是文字描寫都極爲熟練而感人，兒子和我大包小包的買了不少，回家的路上，兒子對我說：「媽媽！妳只有在買書的時候最慷慨。」眞的，買書花掉了我倆件衣料的錢，那還是咱家老爺給我的製裝費，他常奇怪我每次買衣料總是捨不得，買起書來却是一擲千金，面不改色。

回到家我把買來的新書挿進書櫃，這一天過的似乎無比踏實，也許穿一件新衣看在別人眼裡覺得美麗，但是讀一本有益的新書却是美在心裡，外在美和心境的美感比起來，我寧取後者，「無肉令人瘦，無書令人俗。」我深有此感。

民國六十年十月十八日原載新生報副刊

欣賞人生過程

大多數的人好逸惡勞，喜歡安逸舒適，害怕艱難困苦。其實，任何偉大而輝煌的事業，都經過困苦的過程。卽使是一個平凡的人也是經過困難的考驗，可不是嗎？我們必須有一段很長而艱苦的求學歲月，才能奠定未來事業的始基。

歷史上有越王勾踐的臥薪嚐膽，才會有越國的復興，勾踐復國不是偶然的，他經過十年生聚教訓，才達到成功的最後目標。

有些人埋怨教育和養育孩子十分辛勞，其實在敎和養的過程中蘊藏着無限的快樂，人必須耕種才有收穫，必須灌溉才會發芽開花。土地和孩子是最忠實的，我們越辛勞耕耘，越花功夫教導兒女，日後的果實也就越碩大。

在求學的時候，我們盼望快點把考試渡過，憧憬着考完以後日子的輕鬆，可是，一旦考完了，放假日子來臨，反而覺得一陣空虛，孩子幼小時候，我們覺得他們麻煩、礙事，一旦他們長成，即將離巢而去，雖然艱難困苦的日子過去了，妳反而會眷念他們調皮搗蛋依偎在膝下的日子。

所以說，我們要泰然欣賞生活中每一個過程，人總應該在苦難環境中生長和學習，無論多麼不如意，總會否極泰來！

民國六十四年十月十三日原載聯合報家副

癡癡的等

認識的朋友和我們已經申請電話歷時半年，至今仍然音訊杳然，前見報載某位有「高見」的立法委員認爲要遏止電話荒唯有提高售價。電話的按裝費每部新臺幣一萬六千元，此費高出美日等國，日本情形我不淸楚，美國一般電話按裝費只要美金五元，申請手續簡便，只要有正當職業（學生包括在內），兩天後電話公司就派人給你裝上了，除長途電話另外計費外，每月的電話服務費用約十元左右，在最低工資每小時一元八角五分的美國，幾乎是每家都有電話。

我不希望電話在臺灣將成爲奢侈品，儘管售價提高，有錢人是九牛一毛，說不定因爲有利可圖，那時炒房地產的投機份子，轉而來炒電話圖利，君不見報紙上大幅廣告刋登買賣電話；爲什麼電信局說不能按裝的或有某方面困難的，在黑市交易中都可以買到？這一點是我們升斗小民所大惑不解的。

臺灣的郵政事業有口皆碑，希望我們的電信局能本著爲民服務的精神，排除困難，充份發揮電話功能，那大臺北的市民該是受益良多了。

民國六十四年三月二十八日原載民族家副

無此必要

最近有些經濟學家提倡發行大鈔的建議，筆者才疏學淺對經濟學是門外漢，僅站在一個升斗小民立場投下反對票，因爲發行大鈔多少會刺激物價，引起通貨膨脹惡果。目前所發行的一百元，五十元票面足夠商業流通，如果許多游資額高的廠商認爲壹百元票額太小，大可以廣擴使用支票。事實上到底還是薪水階級的人佔多數，一個公務員每月薪水袋最多不會超過壹百張百元鈔，數起來還蠻過癮的，如果發行千元大鈔，一個月充其量薪水袋不過是八九張，豈不索然無味？

再說，壹千元額使用起來，甚爲不便，找回來的零錢，以及流通量都會發生不妥，我認爲今後我國應推廣使用及建立支票信用體制，支票是面額最大的貨幣，可惜是我國未能建立良好體制，因而空頭支票滿天飛，使人對支票難以產生信心。猶記筆者在美所見，任何人都有一本儲蓄存款以及一本支票存款，購買任何物品均以支票付款，很少人敢開空頭支票，因爲犯者除了法律責任以外，終生不能再開戶使用支票，因此，沒有人敢拿自己的信譽開玩笑。

我們目前經濟安定，千萬不能因發行大鈔帶來「副作用——」物價波動及通貨膨脹。

民國六十四年九月二日原載民族副刊

美國貨

國人迷信美國貨，總以爲美國東西品質總不會差，尤其是自從開放進口以來，各式廠牌的美國電器充斥市場，巨幅廣告，令人爲之眼花撩亂，心有所動。筆者就是在不堪誘惑之下買了臺美國西屋牌大型冰箱，打開門容量十分大，蘋果綠色，也極爲好看，可是每個月的電費却十分驚人，漸漸的我發覺冰箱門邊冒水珠，打電話問代理商他們回答說臺灣天氣潮濕所以會有此現象，反正美國式的大冰箱我們也沒用過，姑妄信之吧。用過一段時候，我又發現冰箱邊橡皮吸着性不夠嚴密，我緊張的告訴咱們家老爺；反被他訓了一頓說什麼婦道人家買東西專門吹毛求疵，鷄蛋裏挑骨頭，爲了尊重一家之主的威信，俺小婦人只有三緘其口，無論如何倒底還是美國貨啊！三個月以後老爺發現冰箱後面居然生起銹點，蘋果綠色也變成了奶白色，這一回，他開腔了：「美國貨怎麼會這樣呢？」至此我們夫婦倆人開始對美國貨的信心大減，其實我們一家三口，夫婦倆人每天起早爬晚的上班，兒子胃口像小貓，何至於用到如此碩大的冰箱呢？每個星期壹貳千的菜錢放到裏面都看不見什麼，小家庭用大冰箱實在浪費，更何況國貨的品質與美國貨相比並不遜色。由於使我想到一些美國廠商在臺生產的「蜜絲佛陀」，「舒潔紙」以及福特的「跑天下」他們的品質遠不及美國本土的好，聽說有一些電冰箱就是美國本土退貨的才傾銷臺灣，因此，消費者在購買時應該十分仔細才好。

民國六十四年八月三十日原載民族副刊

保持緘默

一個人自幼就應該養成保持緘默的良好品德。「靜坐當思已過，閒談莫論人非。」可是對於這一點，很多人都忽略了。在很多場合，我們常見人信口雌黃，把別人的私事，如數家珍地批評得體無完膚。

替人保守秘密是我們應有的義務，也是我們作人應有的道德，因爲宣揚別人的秘密，會使人受害無窮，令別人名譽受損失；多言必自侮，對自己更無好處，一個多言的人，既不能得到友情，更無從獲得榮譽。所謂「沈默是金」，也就是告訴我們千萬要愼思，而且不輕易出言。

上帝造人給我們兩隻耳朶，兩隻眼睛和一張嘴，就是告訴我們，要多看，多聽，而少言。朋友！你能否替人守住秘密？宣揚別人的秘密，會使人受害無窮，而自己却得不到一點好處。損人利己的事，我們不應該也不願意去做，何況那是既損人而又不利己的事呢！

民國六十三年十月原載國語日報

在競爭激烈的今日社會中，儀表整潔口齒清楚，能給人較佳的印象。如果禮貌不周語言含混，往往招致別人的不信任。

忠告

我們時常在某些場合看到男人們不斷地打呵欠、剔牙、抓頭，如果做妻子的關心丈夫，這些不端行爲是可以改正的。一位聰明而溫柔的太太，應該知道如何使丈夫接受她的婉言相勸。

凡是美滿的婚姻，男女雙方都應該提出並接受這種批評，當然也有男女相愛而互不批評的，但是這樣常會使雙方的行爲，降落到較低的水準。太太們通常都能襄助丈夫，因爲這是滿懷熱愛及母性的妻子的天性。如果僅爲自已的不高興或心煩而抱怨丈夫，當然不能對丈夫有所助益，因此，太太們必須學習高明而巧妙的批評。

從任何一個已婚男人的個人習慣及儀表，我們多半可以判斷太太對他關心愛護的程度。如果他是服裝整潔，彬彬有禮，多半是他的妻子仍然像初戀時那樣愛他。相反的如果他不修邊幅，疏忽懶怠，那麼，他很可能有一位漫不經心、對他愛情早已消失的太太。

如果妻子能好言相勸，丈夫能欣然接受，如果夫婦常視規勸爲閨房中的樂事，則丈夫必能在事業或社交的應對上占了優勢。因爲妻子所注意到的舉動，別人也會注意，而朋友們絕不會提出忠告。所以，假若你的太太向你提出忠告，你最好想一想，也許她已喪失對你的愛戀及尊重了。因爲在兩情相悅時看不到一些無關緊要的小習慣，也許在一次爭吵後，就會很容易變成彼此厭惡和難以忍受，不幸久而久之，更會釀成不堪同居的困擾。

民國六十一年九月原載今日經濟雜誌

提倡宗教儀式婚禮

結婚大典是每個人一生一次的大事，理應莊嚴而隆重，却不該浪費而奢華，因爲唯有在肅穆的婚禮進行氣氛下，男女當事人才會深深體念到宜室宜家的意義，與婚姻締結的神聖。

我國原是以禮立國的國家，數千年來均以禮爲敎，然而不知道從何時流風所及，婚禮也成了權勢與炫耀的場面。如今最流行的婚禮，是設在觀光飯店那種鬧劇式的婚禮；家長絞盡腦汁，債臺高築，爲的是「那一日」爲兒女也爲自己充面子。至於嘉禮之日，禮堂之內喧鬧有如菜市場，臺上舞女熱舞，臺下新娘循例忙着開始時裝表演，喜宴一開，客人則忙着張牙舞爪，使人大有亂紛紛，不知倒底在做甚麼之感！至於一對新人在各種致詞疲勞轟炸之下，婚禮一成，恨不得卽刻衝出重圍，攙着新娘像逃警報似地奪門而出。每逢我身臨此種結婚盛典，常常感慨萬分，然而不幸的是筆者的婚禮就是在這種哭笑不得的場面下完成的。猶記當日我提出在敎堂完婚時，不但被雙親斥爲大逆不道，且被親友譏爲不合時宜，不懂禮節。

另一種超越時空的結婚大典，是兒女在美完婚，父母在臺大宴賓客，不見小新人，但見老家長！我懷疑此種超越時空新婚宴的價值，意義何在？據我在美所見，當事的一對新人並沒有光宗耀祖，像人家誇耀的意味。新人安靜和祥的在敎堂內接受牧師的證詞，同學的祝福，禮成後桌上僅以紅茶，可樂及甜餅招待賀客，道賀的人也早在新人宣布即將結婚時買贈新房各項新用具，送者情深，收者實惠，與我們這裏以人論份交繳禮金後才入席的現實意味完全不同。

也許，我國許多人不是敎徒，反對在敎堂裏完婚，但是爲甚麼不能在佛堂或是肅穆安靜的普通禮堂裏完成結婚大典？日本人那種在佛堂舉行嘉禮的盛況莊嚴而隆重，不但代表其獨特民族文化，且常吸引不少國際外賓觀賞，至於我們這種不中不西，不倫不類的婚禮，實在有改革的必要了！

民國五十九年十二月原載國語日報

美的真諦

年輕的女孩子每天最關心的是自己有幾套衣服？今天的髮型如何？甚至許多少女每天化在對鏡自憐的光陰無數，爲的只是關心自己倒底有多美？是否能吸引異性的注意？不但是少女就是有許多婚後的婦女也常抱怨丈夫賺的錢還不夠給她買名貴脂粉化粧費用。其實眞正令人難忘的女人，絕不是臉孔粧粉的有如五彩盤，或者穿着有如模特兒一般的女人，眞正令人產生傾慕令人欣賞的女人是眞具有獨特典型，高雅風格，有頭腦的婦女，換句話說，令人心儀的婦女是女人與她相處感到愉快，男人與她相處感到驕傲的女人，智慧的男人並不十分重視一個女人的外貌。

在某些場合，我們很可能會被一個樸素無華的婦女所吸引，她吸引人的旣非髮飾更非裝扮，而是她那優雅內在高貴的氣質，許多婚後的婦女儘管家務繁忙，她們雖然埋頭於勞苦的煩瑣事務之中，但是她的專心忙碌形成了一幅美好的圖面，因爲她們的能幹與自信就是美的表徵。

一個具有優美風雅氣質的女性，可以化平凡爲永恆之美，至於服裝和化粧品則是配襯並不是很重要的。

民國六十四年十二月六日

此情可待成追憶

初吻並不能當作永久相愛的保障，
但它却是藏在生命史上的一個永久記憶的印象。
——拜倫——

那天，像平常一樣走出辦公室的大門，想不到在歸途中無意見到了濟良，他向我打了個招呼，我強自鎮定的向他點頭問好。回到辦公室，我無法使自己思緒寧靜，爲什麼十幾年以前的往事，還會難以揮去呢？本該是褪了色的記憶，如今又在我眼前明亮了起來，眞的！我如何能輕易忘懷那第一個在我生命中刻中烙印的男孩。

猶記，我認得他那年正是十八歲唸高中的時候，他在空軍官校接受飛行訓練，十月慶典使得我們有更多相聚的機會，第一次是他們學校同學在賓館拍「飛虎將軍」電影，燕生和我一齊去玩，因而結識他，他熱愛運動，喜歡足球，第二次在全軍運動會的球場上，我們坐在大樹蔭下聊天，幾乎耽誤了他們的賽程，此後的日子裡在國慶日、光復節，總統華誕日，他放假時都遠從南部趕回臺北與我歡聚，那一段日子，甜蜜而令我追憶，他個性深沉而含蓄，高中時母校管敎我很嚴厲，因此，每次他與我約會時令我期待，興奮而又害怕，我的個性又急躁，常常被他在約會時的遲到而取笑。

以後的日子裡，我們由相識，相知而相愛，那時臺北近郊，碧潭、圓山、兒童樂園到處印有我們的足跡，我的功課雖忙，他的時間雖少，可是我們珍惜每一個見面的日子，中秋節我告訴母親並邀請他回家過節，那時我整個心靈由於他而充沛，離別的日子裡在信箋中畫滿了相思的符號，直至我高中畢業考取大學，他畢業調至澎湖服役，我們的書信稀少了，惟有我一個人編織愛的幻夢，不知道爲什麼他離開了我。

十四年後的今天我又遇到了他，他仍然像第一次見到我的樣子，午餐中，他仍然像昔日那樣喜歡凝視我，不知爲什麼我反而不敢正視他，在談話中我知道他已是三個孩子的父親，他告訴我在別後的日子裡一直在惦記我，他問我「是否還有當年那種壯志要做女中豪傑？使別人不敢親近。」我笑着說，「如今什麼壯都志沒有了，只希望做個賢妻良母。」他又說：「我最喜歡你那件綠格子的裙子，妳還記得嗎？」他實在是個含蓄而又深沉的男孩，我一直以爲，他是個很容易遺忘的人。

晨間接到他的來信，「小媛，記得在官校時，妳寫過幾首詩給我，不愼被同學搶去，在敎室裡公開朗誦，大家公認妳的詩寫的好，回憶那段日子無拘無束，現在還可能嗎？雖然，我們似乎只是有緣而無份，然而那份可貴的友愛，不更在我們心頭感到甜美嗎？」讀罷來信，想到他的笑語以及他的純情；碧潭泛舟，他怕我冷爲我披上他的軍服，在圓山山頭他的初吻，也許當時我是太小了，我不覺察，也未珍惜，誠所謂「此情可待成追憶，只是當時已惘然。」

如今歲月滄桑，我們已不再是尋夢的年齡，也許甘美的愛情總要滲透點清凉，正好像初秋的嫵媚，但是却透露着絲絲的凉意，告別了童騃性的初戀，讀完他的信總算令我有了答案的感覺，正如拜倫所言，「初吻並不能當作永久相愛的保障，但它却是藏在生命史上的一個永久記憶的印象。」的確，人若有情又何必在乎朝朝暮暮的相見呢？

民國六十年七月原載新生報

偶然

人生常是一連串偶然的交接，如浮雲投在波心，青萍浮在水上，落花飄在河面，一切的美常是不經心的偶然，詩人常歌頌也捕捉偶然的靈感，「你是天空裡的一片雲，偶然投影在我的波心，你不必訝異，更無須歌喜，在轉瞬間。」

少女有尋夢的權利，也有捕捉偶然的機會，然而步入中年，無論你或妳都不要再被「偶然的幸福」所迷惑，否則你所支付的代價將得不償失，最近放映的一部電影「偶然」劇中倆位中年男女偶然相遇，偶然種下情愫，但却毅然的將「偶然」遺忘，這種高操的情感令人讚嘆，令人激賞。

在現實的社會中，這種稀有的感情太雋永了，世俗的人常讓愛火焚身，拋棄了妻子和兒女，另結新歡，眞正能發乎情，止乎禮的人實在不多。我佩服李察波頓的情操，但更欣賞那個做丈夫簡短的一句答語：「妳回來了，沒有走得太遠。」
人應該對自己對事物洒脫，讀過泰戈爾那首詩嗎？
「儘管走過去，
不必採摘花朵來保存。
一路上，
花朵不斷地開放。」

民國六十四年元月五日原載新生報

底事忽忙

現代人的通病是忽忙，要是朋友在街上見面，第一句話準是「你忙不忙？」而代替了昔日「你吃過飯沒有？」似乎是忙最重要，忙才能有飯吃。

有一次，一對夫婦口角，妻子埋怨丈夫整天在外窮忙，丈夫則十分生氣地說還不是爲妻兒老小忙碌嗎？我想如果做丈夫的成天在外忙，妻子不領情，反而誤解，那麼這樣的忙碌又有甚麼意思呢？

有些做父母的整天在外緊張忙碌，置兒女於不顧，萬一兒女行爲上有了差錯，他們就傷心地說，我們的辛勞還不是爲了孩子？可是父母如果只顧在外面忙，讓孩子每天回家看到的僅是空屋子，豈不成了孤兒一般？哪裏還有愛的溫暖呢？

丈夫再忙，不要忽視妻子；母親再忙，不要虧欠孩子。每日無論如何忙，不要忘了接近書本，獲得知識，鍛鍊身體。如果丈夫忙得忘記妻子，妻子忙得懶於求知，這樣的忙是無意義的，是一件得不償失的愚蠢。

聖經昭示我們：如果賺了全世界，而賠上了性命，又有甚麼益處呢？

民國六十四年十二月二十一日原載國語日報

播種的樂趣

自從遷到新居，涼臺寬大，我在上面種植了許多小花，每次辛勤澆水、除蟲，在創造和看到發出新芽上面得著一種秘密的快樂。我的涼臺上有綠紅色的金蓮花，紫色的牽牛花，以及淡紅的海棠花，每天在細心的窺伺，恆心的澆水上我播種下了無許辛苦，但是勤勉的照顧畢竟得到報償，夜來陣陣花香撲鼻，令人心曠神怡，俗務全消；為着享受花，我們必須播下種子並培養嫩芽，天下沒有不勞而獲的事。

由種花我領悟到孩子的教育，母親恰似辛苦的園丁，每天都必須對身邊的「嫩芽」付出「愛心」，「耐心」與「關懷」，如果放棄自己的責任，枝苗當然不會茂盛，雖然在養育兒女的過程上十分辛苦，但是一旦孩子長成，為國棟樑之際，那就是最大的報酬，母親的辛苦有了至高無上的代價。

教育孩子如同培植花木不可急躁，必須慢慢的加以培養，一個辛苦盡責的園丁，收穫的果實結的也愈大，因爲上帝極爲公平，祂總會給予艱苦辛勤的人以補償。

民國六十四年六月十七日原載民族晚報

白蘭花

初夏，白蘭花的清香，爲我們帶來整個夏季喜悅的前奏，那潔白秀麗的小花是如此吸引着我們的嗅覺。我買兩朵相並的小花，掛在龍兒襯衫的鈕釦上。龍兒雖然是個小男孩，似乎也感染了他母親對白蘭花的喜愛。

記憶中彷彿回到我童年，我母親也熱愛白蘭，每到夏季在她閨房妝臺上常常放了白蘭花。遠遠地聞到清香，我就知道母親又買了白蘭花。母親看見我就把髮髻上的白蘭拿下來，別在我蓬鬆的大圓裙上。在慈母的微笑中，我尋到了喜悅。

初夏，走過街頭買一兩朵白蘭小花，喜悅的種子在心中萌芽，那淡淡的清香揉合着夏的明朗，白蘭是我傾迷的友件，也是我家常來的「嬌客」。每當白蘭花香散漫夏日，我必以最虔誠的心祝福在遠方的母親永遠健康！

民國六十三年六月十四日原載國語日報少年版

牽牛花

那天，在菜場買菜偶然間看到一盆牽牛花，紫色中透着微紅，一朶朶盛開的花朶像極了一隻隻小喇叭。兒時我第一個叫得出名字的植物就是牽牛花，因爲它綻放在田邊、路旁、籬外，生命力堅強，繁衍也極爲迅速。大家都不珍貴它，可是我却喜愛它，不必勞神我患得患失的灌溉，更何況都市公寓小小的凉臺上實在也容不得我來除蟲，澆水，施肥的大費周章。因此，我十分高興的購買了一盆牽牛花。

買回家，它倒眞是不負厚愛，每天清晨都及早綻放五六朶，甚至七八朶紫喇叭，尤其是那枝葉下結滿了無數個將要綻放的蓓蕾，讓人有一種期待的快樂，實在爽心極了。

暑假，全家南遊了幾天，回家後凉臺上的花幾乎都香消玉殞了。惟獨牽牛花，枝上的葉子雖已枯萎，垂頭喪氣的樣子，可是經我滴了些清水滋潤葉肺，不消幾天它又紛紛長出濃綠，生機復甦，欣欣向榮，漸漸的它爬滿了我新漆的欄杆。

牽牛花雖不名貴而且也不嬌艷，但是它却別有野趣，別有風味，有一種獨得的樸拙美。盛夏中它使我情緒穩定，心境寧適，那濃綠中的淺紫色彩帶給我夏日中無限的凉意。

民國六十四年九月十八日原載國語日報家庭版

曇花開的子夜

儘管花開花謝，數度遷移，那盆曇花却忠勤的跟着我主人，平日不經意的將蛋殼、茶葉棄置在內，不意偶然中竟發現她枝葉已經暗結了蓓蕾，這眞是給予我一份意外收穫的感覺。

未綻放曇花之前我就十分緊張，因爲她的綻放時間多在十時以後，如果稍不留意，就很可能緣慳一面，香消雲散。前幾次由於判斷錯誤，一直等到十二點都未見芳蹤，每次睏乏入夢後，每次清醒一朵曇花已經悄然萎謝時，我都是極爲頹喪抱怨，但是一切無濟於事，因此這一次我一定要看到曇花綻放的美姿才甘心了願。

曇花開的晚上，一家人聚集園中，母親爲了便於我們觀賞，乾脆將大盆曇花一股腦兒的搬至客廳內，正好那天留居國外十餘年的季璋此際返國也與我們一齊觀賞，沈沈的暗夜和長長的等待中，我們既興奮又煩躁，深夜的淒冷濡染着我們。

終於我們凝目矚視到那朵漸漸綻放的花朵，深遠幽邃的冷香緩緩的沁流在濃濃的黑夜裏，對她那塵潔不玷汚泥的生命有着一種聖潔的虔誠在我們肺腑中擴張，她開的如此雍容美貴，不知何時母親關了燈，我們戀戀不捨的離開了客廳，也許大家都怕看曇花凋零的傷感吧！

民國六十四年七月三日原載民族晚報家副版

冷氣

夏日，每個人都盼望家中能裝一臺冷氣，我們家也不例外，老爺每天揮汗如雨，兒子痱子滿身，雖然我是「涼血動物」（老爺贈給我的雅號，因爲冬天睡覺他開窗，我關窗，因而他戲稱之）。無奈只有附議少數服從多數在臥室裏裝了臺冷氣，有冷氣的好處是不出汗，可是那馬達響聲總好像是在輪船上或是工廠裏，每至半夜，我就抱了枕頭獨自睡在書房裏，一夜「酸汗淋漓」反而睡的十分香甜。

老爺看我對冷氣無福消受，體貼的說以後寫稿就在冷氣房間揮筆吧，無奈把紙張搬到冷氣中，文思就會隨着機械聲飛的無影無蹤，於是我只好在書房裏一邊揮着扇子一邊流着汗來尋找靈感，似乎汗流的愈多，文思愈泉湧。

以前的人耐寒忍熱，現代人對一點寒與熱已經失去了抵抗力，猶記我小時炎陽夏日，父母在院內乘涼，我一個人在室內讀書愈讀愈有趣，親友們都打趣我的耐熱力，連一個小電風扇都不要，那時候只有父母親臥室內有一臺電風扇，惟一的奢望是但願自己能擁有一個小電風扇熱時吹吹。

也許我是一個勞碌命，實在熱的難以喘氣時才在冷氣房中待一會兒，否則的話我是堅決不開冷氣浪費電源的，對什麼事我都是淺嘗卽止，對於享受，我也是抱這個原則，太奢華，太享受，總是一件樂極生悲的事。

民國六十四年七月原載民族晚報

小兒離家時

小龍的爺爺七十高齡因感冒住院休養，伯父遠從高雄打長途電話來，希望小龍的爸爸回高雄探視，小龍爸爸心中焦急，恨不得馬上回家，原不準備帶龍兒返家；可是小龍兒一把眼淚，一把鼻涕哭得極爲傷心。小龍爸爸忍不住他要求回家探看爺爺，只好帶着他，自己開長途車返家。我急忙爲兒子準備衣服細軟，看見兒子如願以償，破涕爲笑，我也忍不住笑了。兒子乖巧的囑我在家休養，不要太勞累。因我剛出院，他爸爸囑咐他不能吵媽媽，因此他小腦袋時時記住。臨上車時，一定要親親我，還把他最喜歡的小餅乾一包留給我吃，背上小槍，穿着長靴，與高采烈的回南部的家了。倒是我車子一開，偷偷的擦去了兩滴眼淚。

返回三樓公寓的家，只剩我一人顯得冷靜而寂寞，本想躺回床上，可是怎麼也睡不着。平常忙兒子、上班，累得氣都喘不過來，如今偷得浮生半日閒，反倒睡不着了，平常只覺得小傢伙精力過剩，給家裏弄得一塌糊塗，可是看看小房間裏，他畫的畫，彩色配的極爲勻稱，地上堆的積木，原來他在造運河，兩邊很用心的堆砌了小磚，中間放了小船和小人，眞是儼然像個小工程師。孩子的創造力，眞不能忽視呢！

龍兒今年四歲，上幼稚園中班，他自幼就極愛清潔，每天清早不讓我催促，天亮卽起，自己上廁所刷牙，入廁，穿上圍兜，就下樓等待校車來接，開開心心的上學，每天晚上看完臺視兩個卡通節目不到八點就上床，和爸爸媽媽道聲晚安，不要我們陪伴，很快就入了夢鄉。他自幼就愛塗鴉，每星期至老師家習畫一次，他是畫室中最小的學生，從不缺課。小小的身軀，還不及畫架高，可是每次坐在畫架前，極爲專心可以畫上一兩小時。老師誇讚他小小的年紀，就有如此耐心，眞是不容易。

龍兒不在家的日子，我似乎悵然若有所失，如今我倒寧願做個每天忙得喘不過氣的母親，寂寞的時光令我思潮澎湃。母親來電話要我回娘家住幾天，她知道我一定在思念兒子。她說當時我出嫁，她的心裏也著實難過了很久。原來天下的母親，對兒女都是如此牽腸掛肚。如今我爲人女，爲人母，深深知道這個中的滋味，今後我不但要細心照顧兒子，更應每日抽暇依偎母親身旁，不要讓她感到寂寞悵然才對！

民國六十年元月十一日原載中央日報家副版

快樂午餐

國小三年級開始就是整日上課了，每天中午我給龍兒送飯的時候正是第四節下課。對小朋友來說，這是最快樂的時候，飯盒剛從廚房抬出來，打開飯盒就可以享受一頓香噴噴的午餐。我看過每個小朋友的飯盒，發現他們帶的菜要比我們做學生的時候豐盛多了。有的是兩個蛋，一塊鷄肉，有的是四季豆，蛋炒飯，父母們都很注意孩子的營養，難怪他們要比我們小時健壯高大得多。

由於家在學校邊，每天清晨，我看到孩子們在廣闊的操場上認眞地做早操，課間在操場上有體育課的小朋友們洋溢着一片歡笑聲，所以帶去的飯盒常是吃得一顆米粒不剩。再沒有甚麼比孩子會吃更讓父母感到欣慰了。爲了變換孩子飯盒的內容，我曾絞盡腦汁，也特地買了本國語日報出版的飯盒食譜，把自己對孩子的「愛心溶入飯盒中」，讓孩子體會出「媽媽的細心和慈愛」。

難怪黃和英女士說這是一種會說話的飯盒。

認識我們的朋友知道兒子嬰兒時是早產兒，幼稚園時體弱多病，這兩年驚覺他長得高而碩壯，問我給他吃了甚麼維他命？我回答他們，國小正常教育是孩子最好的營養劑！

民國六十四年十月二日原載國語日報

戒指

認識我的親友常覺得我樸實的古怪，穿着的土氣，和講究衣着的母親截然不同。尤其是我身上從上到下沒有一件金飾，唯一的戒指已有二十年歷史，雖然婚後外子曾給我買了好幾個戒指，可是總被我粗心大意的弄丢或是在操作家事洗碗筷時掉進了排水溝。

每次在美容院裏看到小姐，太太們伸出十指纖纖，細皮嫩肉的葱尖手指上，佈滿了星光閃閃，光芒萬丈的戒指時，我雖十分欣賞，但決不羨慕。

因爲我知道這樣的一雙手決不能做好家事，一個女人如不能對家務盡責，應該只能算是半個女人，雖然有錢可以僱佣，但是僱佣眞能清潔衞生，稱心如意嗎？我實在懷疑。

外子看到我終日爲家務操勞，有一次居然替我買了一枚近一克拉的鑽戒，剛戴時「虛榮心」作祟，以爲自己美了十倍，以後的日子裏我整日躭心它會滑落，烹調時怕油汚薰黑了它，洗澡時怕肥皂水沾濕了它，出門時又怕竊賊偷了它。眞不知讓我操了多少心！

我眞不明白女人爲什麼那麼熱愛鑽戒？其實許多鑽戒眞假難分，有的贋品比眞貨樣式還美觀，亮度還奪目，這世上眞眞假假有幾人能分辨？可貴的是一顆純眞無染的心靈！

民國六十四年八月二十六日原載中央日報副刊

嬰兒室外

前天，陪妹妹至醫院產前檢查，經過嬰兒室的玻璃門，看見睡在透明塑膠小床裏的每個小嬰兒，眞是可愛極了。有些嬰兒是粉紅，白嫩而肥胖，有些嬰兒則是細長，深紅而瘦削，他們的小臂小腿不像大人，是彎曲的，他們無意義的揮手踢足，愉快地接受護士小姐沐浴與哺乳。這些小小的新生兒們，從擁抱、撫愛和歌聲中得到很高的滿足安慰，使他們感到溫暖，被愛和安全感。

嬰兒雖然是一無所能，但小小的新生兒是一個實在的人，他正開始在世界上取得他的地位，每位嬰兒的父母看到新生兒都是驚喜無比，他們所得到的快樂與驕傲，眞是無可比擬。嬰兒所帶來的享受、愉快，使父母深感他們的這項投資，是富有價值的生命延續。我想：不但是父母每個人都會發覺與嬰兒爲友眞是一件極爲有趣的事！

民國五十九年十月二十日原載中央日報家庭版

散步中

只要有空閒的時候，我就愛牽着龍兒的小手漫步於田原或曠野。對於一個成年人而言眼前的樹葉，晴空的白雲絲毫不感興趣；但是一個孩子，就不一樣了，很多的事物對他是第一遭，路旁的一朵小花，田間的一株小草對他都是喜悅，新鮮的世界在每一個低語的頃刻中出現。

我愛逗着他，聽他的低語，我們一同在廣大的土地上奔跑，他短小的兩腿，快速的躍動，我常常落在他的後面，此時他就會飛一樣的又回到我的身邊。每次我們母子在一齊散步，奔跑的時候，在精神上我們無比的接近。我常想：每一個孩子是一個小精靈，我們這些笨拙的父母，如果不找機會去親近和瞭解他們，童年就會輕易的溜逝，因爲每一個孩童的幼年都是不可思議的時刻，也是所有時間中最短暫的時刻。

有時候，我們在屋後的林中散步，漫踏着遍佈的落葉，龍兒張開小口問我許多問題，我都在沉思中耐心的一一爲他解答。因爲我知道，此時我就是他啓蒙的老師，千萬不能留給他一個錯誤的答案。

在結束一天的散步以後，龍兒常會抑起小頭對我說：「……就是等我長大，我們還是要到這裏來，媽！好嗎？」「當然，不管你長多大，我都會像今天這般，帶你到這裏散步。」我愉快的回答龍兒，也忘不了他那純眞幼稚的神態！

民國六十二年元月六日原載中央日報副刊版

我家的小圖書館

我家龍兒從幼稚園開始就喜愛看書，每次上街，只要我買書，他也必定要求買三本以上的兒童書籍。這些零星購買的書籍，累積到今年已經有近千本之多，在他房間除了玩具櫃以外，又購置了一臺書櫃，把他所有的書籍有條有理、分門別類的排列着。

由於龍兒擁有這樣一項「財富」，所以附近小朋友都很喜歡到我家來遊玩，看到這些書都愛不釋手，津津有味的閱讀。從他們喜愛閱讀的程度看來，我發現五六歲的兒童特別喜愛書籍，七八歲以後由於活動範圍廣泛，尤其是男孩子性喜出外遊戲，減少了閱讀時間。國民小學一二年級是半天授課，一般而言，如果任課老師的課外作業一多，做完學校功課，我就不忍再逼他安定的坐在家中看書。因此，有一段時間，龍兒幾乎是冷藏了他的「寶藏」。

兒童的閱讀習慣不但需要誘導而且應該慢慢的培養。因此，每次他的小朋友在遊戲室玩着刀、劍、坦克、飛機模型大會戰之餘，我開始要他們安靜的坐下來，拿出一兩本書籍，令他們閱讀，讀完以後如果能背誦，或是講解故事內容，我就給他們一些小禮品作爲獎勵。這樣一段時間下來，他們在做完功課和遊玩之暇，自動的會拿出許多書籍翻閱。

從幼兒開始，龍兒都有每晚聽故事的習慣。母親爲幼兒講故事，好處是除了讓他安然入夢以外，還可以在聽故事之餘學得許多社會常識以及做人道理。偶爾我也拿着書本爲他念一段短文，我認爲比較良好的書籍是「伊索寓言」，「十大名人故事」，「爲什麼」，「中華兒童書叢」，青文出版社全套「幼兒讀書」等著作，自幼兒至小學階段都很適合兒童閱讀。

每次上街對於兒童閱讀資料我都很留意，可惜這七八年中新出版的並不多，有時候預備了一些買書費，可是除了舊有的不見新書。我極希望龍兒的小小圖書館能夠日見充實。

家庭裏設有兒童圖書室的好處是，不但可以培養兒童閱讀的興趣，還可以教導兒童學會分類整理登記的習慣。龍兒自幼喜愛塗鴉，雖然無師指導，可是拿起圖文並茂的參考書，他就會很有興趣的畫上半天，間接的也培養了他繪畫的興趣。

一個人如果小時候不養成閱讀習慣，及長就更少有機會接近書籍，可惜的是一般小學課業繁重，而電視對兒童更是極大的誘惑，如果能把電視上那段黃金時間來鼓勵兒童看書，該是多好啊！

民國六十四年五月二十五日原載國語日報兒童文學版

母姊會的收穫

家長和學校必須密切配合，教育才能更有成效。學校爲了讓家庭能夠了解學校的教育，和目前推行的工作，以及聽聽家庭的意見，特地召開了一次母姊會。雖然出席的人數並不踴躍，但是教師們却認爲是一次豐碩的收穫。家長所提的個別意見，可能就是學生共同的毛病，需要學校、教師幫忙解決的。

在家長方面來說，可以從校務報告方面，知道目前學校正在推行消除髒亂，庭院果樹化運動，以及學生的安全教育。爲了自己孩子的教育，相信家長也都樂於協助學校。

在教師們來說，藉着這次的母姊會，對於學生在家庭中的生活情形能眞正得到了解。對於學生認識更清楚，更有利於實施管教。如果不是經過母姊會和家長面談，我還不知道我自己的學生在家庭中有這些毛病呢。譬如：

㈠有個品學兼優的學生，父母都在教育界服務，照理說，父母對於教育有深切認識，學生的表現該沒問題才對。却不知道，這個品學兼優的孩子，一放學就迷上兒童讀物、課外讀物。學校的功課都不照規定做完。對於學校的功課，非得父母跟在眼前，督促，甚至限定時間，要用強迫方式才行根本不肯自動去做。父母一忙，孩子就儘情的去玩他喜歡的遊戲或看課外讀物了。

㈡班上還有個在學校表現不錯的學生，功課不差，規矩更好。學校的常規樣樣遵守，老師們的規定做得更好。非親耳聽見他母親的話，不敢相信他在家裏，無法和兄弟姊妹和氣相處，簡直勢如水火，互不相讓。吵得讓父母非常煩心。

㈢還有一個體格瘦弱的小女孩，或許是在低年級時聽了老師說：「不要專門多吃魚肉。」於是從一年級起就養成了偏食，魚肉一口都不吃，只吃些蔬菜。任意父母怎樣威脅利誘，始終無法改變她的偏食習慣。父母擔心原本瘦弱的身體，營養不足，影響健康，只好央求當級任老師的我，設法糾正。

另外像看電視時間過久，在家不做功課，以及學生們特殊的性格、脾氣，父母親對於孩子的期望，以及學生在家生活的情形等等，都是這次母姊會中我所獲得的收穫。我也非常願意，針對學生的心理——「奉老師的話如聖旨」，「老師的話比父母親的話有效得多」，來利用時機，向全班學生解說。對於個別的問題，我計畫在孩子的日記中和學生們詳談，或者找個適當的時機跟學生個別詳談。我希望母姊會成爲學校和學生家長之間的橋樑，大家爲謀教育的有效發展而努力。

母親的叮嚀

認識銓明的人都知道他有一個好母親，銓明的母親書唸的多但是却沒有唸多書女人的洋氣，她不施脂粉，勤儉持家，體貼丈夫，善待兒子，由於銓明是她唯一的孩子，因此，她把大部份的心血都化在他身上，小時候銓明的衣服特別整潔，每天都由母親陪伴上學，接送回家，銓明的母親除了料理家務以外，她還是個職業婦女，她上班，教學生，寫書、撰稿，因此銓明自幼就有一個溫馨舒適的家。

那年，我和銓明一齊考取留學考試，出國時銓明的母親傷心無比，我們都知道這是第一次銓明與母親久別，銓明是個厚道而膽小的男孩子，我倒認為出國可以磨練他的自立性，溫室中的花朵是經不起磨練的，苦的是銓明的母親自此常為遠在異國的獨子，牽腸掛肚。

在美國的日子，我們常接到銓明母親寄來的衣物、食品，我們也眞羡慕銓明有個好母親，她除了愛兒子外，也瞭解年青人的心理，她知道我們在海外飄泊的心情，也勉勵我們努力求學，每次經過挫折以後，只要一唸母親的來信，銓明就奮鬪站起來，繼續努力。

那段唸學位的日子的確艱苦，銓明照例每週接到母親一封來信，當銓明完成論文，接受博士榮譽時，忽然接到老伯一封來信，銓明母親早於半年前去世，爲了怕躭誤銓明的學業，她在病床之際就撰寫好了每封信件，由銓明父親按週寄至學校，在每封信中她都寫出自己對愛兒的期望、愛心和鼓勵，我們眞想不到銓明的母親是如此偉大和鎭靜，我也永遠忘不了在那些信件中每句話都代表着親恩和一位母親永遠的熱愛與叮嚀！

民國六十二年十一月十七日原載新生報副刊

我讀「小冬流浪記」

暑假時間是我利用機會督促兒子閱讀課外書籍的大好時機，正好又趕上國際學舍書展，除了我常瀏覽的幾家書攤，兒子最喜愛駐足的是國語日報出版部的攤位，該有的書籍幾乎都有了。八歲的男孩子多半喜愛閱讀的是科學幻想小說，以及滑稽可笑的漫畫。這時，我忽然被一本小書吸引着，龍兒剛翻開也被首頁的文字所吸引，原來那是謝冰瑩女士特別爲孩子們所撰寫的一本故事書，難怪除了文筆流暢以外，更深合兒童心理。書中對於一個失去母愛的孩子描述得扣人心弦，因爲孩子都極富同情心，因此閱讀起來就更是愛不釋手了。

現在的小學教育，學校各門功課已經壓的孩子喘不過氣來，當然有些家長跟老師都不鼓勵兒童閱讀課外書籍，爲了怕躭誤孩子們的功課。兒子大都利用晚上入睡前看二十分鐘課外書。有時候兒子看得高興，不忍罷手，我就爲他念上一段。有時候他爲書中的小主人「小冬」感到悲哀，有時候爲「小多」感到氣憤不平。能夠做到如此絲絲入扣的地步，實在是本書作者最大的成功。

「小多流浪記」啓發龍兒閱讀能力和興趣，使他不再停留在看漫畫的閱讀階段。以後凡是有書展的時候，他都不會放過，一定要跟着媽媽到書展場去，選購一兩本他所喜愛的書籍。此次十月書展，我又爲他選購了幾本世界名著如「爺爺和我」，「保姆包萍」等。

在書展中，我看到許多母親有意爲孩子選購一兩本好書，可是選擇好半天不知該買些甚麼好。有的則任由孩子們自己去選。其實做母親的應該在旁協助，並給予他們適當的指導。在此，我僅以個人讀後的心得，推薦這一本富有啓發性的優良兒童讀物——「小多流浪記」。

民國六十一年十一月二日原載國語日報兒童文學版

貝殼項鍊

星期日我們全家赴白沙灣海灘戲水，駕車行經淡水附近見一海灘風景幽美，外子一時興起，停車路旁，龍兒歡呼着與我赤足奔向沙灘，拾取各種形狀可愛的貝殼。在他俯拾貝殼時，我爲他攝取一張淘氣好笑的鏡頭。過了五分鐘，一位戰士巡防，告訴我們附近是軍事基地，不可攝影。我自幼駭怕荷槍的軍人，至此遊興索然。可是小兒子仍然貪戀足下琳瑯滿目的貝殼，不忍離去。

那位戰士，見龍兒不願歸去，笑着對我說：「只要不照相，你們可以在此遊玩。」接着，還摸了摸龍兒的小臉，從口袋裏掏出一串大小完全一樣的長串貝殼項鍊，套在龍兒的頸上。

歸途中，兒子念念不忘那位士兵伯伯，凝視那串項鍊，每個大小一樣細緻可愛，由此可見他必定是個富有耐心、極富人情味的軍人。我把那串項鍊放在客廳的擺飾架上，每一次都爲來訪的客人解說它的由來。

民國六十年五月六日原載中央日報家副版

可愛的黃帽子

十月眞是一個充滿興奮和愉悅的月份，儘管寶島籠罩在接二連三的颱風聲中，天氣總是陰雨綿綿的。那天像往常一樣下班後坐零南車回家，在十字路口遇到紅燈，前面正好是一個國校，看見許多小朋友成羣結隊從校門口向外走，那活潑的面頰，戴着黃帽子，背上書包，眞是可愛極了。這世界上沒有不愛孩子的人，因爲他們純潔善良，保有赤子之心。那黃色的帽子，在灰暗陰雨中，令人精神抖擻，黃色是醒目顏色，穿在孩子的身上更是最美麗的顏色。

外子和我都十分喜愛孩子，每次當我到國校接兒子時，看到小朋友在課室中琅琅念書時，我就覺得我們的國家因爲有這些小主人翁而希望無窮。

中午，孩子上學前，背上書包，戴上那頂可愛的黃帽子，和他同學併肩消失在巷口。在迷濛的細雨中，我只看到那兩頂醒目的黃帽子越走越遠。

我們因爲有龍兒的玩伴，常常接觸各種小朋友，有的小朋友沐浴在父母的慈愛當中，但也有的兒童不受父母的重視。我常爲不重兒童的父母遺憾，爲什麼他們不知道珍惜自己身邊的這塊璞玉呢？

民國六十三年十月原載國語日報家副版

孩子的運動會

兒子放學回家的時候，很興奮的帶回學校運動會請帖和一個貴賓證，一再告訴我們，那天爸媽無論怎樣忙也要抽空到校替他做啦啦隊，最好公公婆婆也能一齊請去。我知道運動會在孩子心目中的重要，所以除了打電話恭請母親以外，還特別叮囑外子那天儘早回家，千萬別誤了欣賞兒子在運動場上跳躍的雄姿。

建安國小操場很大，當初兒子就讀一年級的時候，我第一眼就喜歡操場的環境，整齊清潔，綠草如茵。聽說有的私小因爲限於面積根本沒有操場，孩子們只得在樓房頂端打球。在那種情形下，開運動會當然是奢想了。儘管外子和我在別的事情上意見有時紛歧，但是對兒子就讀學校，則以發展體能，鍛鍊體魄爲先。因爲我們深知「強國必先強種」的重要，良好的身體是一切事業的基礎。

大會操開始，我坐在司令臺上，但見小朋友們着白衣藍裙、藍褲，晨操動作畫一，身手矯捷，朝陽映在每個孩子蘋果似的小臉上，眞是健壯，活潑而可愛。現在的兒童身材都極高大，有些五六年級的兒童幾乎比我都高（本人一六〇公分），這實在歸功於運動和營養。

會中各項運動競賽甚爲激烈，歷時三小時始結束。由郭校長頒獎，幾乎每個小朋友都得到獎品，就是失敗的也有精神獎。小朋友們很天眞，那怕是獲得一枝鉛筆的獎品，也會歡樂無比。在操場上我看到老師臉上辛勤的汗珠，以及校長對兒童體能的重視，身爲家長的我，內心深爲感激。感激國小在今天經費如此困絀之下，猶能使運動會如此順利進行，帶給孩子們快樂的歡笑。

深夜，我爲兒子蓋被，看到他面頰上綻開的微笑，良好的運動和遊樂，讓他茁壯長大，國小運動會是國民教育成功的表現。

民國六十四年六月十七日原載國語日報家副版

庸人自擾

許多家長爲了孩子的入學問題傷透腦筋，有的爲了「慕名」，不惜遠道轉校就讀，因而造成了「戶政」上的困擾。我認爲孩子不論唸任何學校，父母的督責與孩子的興趣最爲重要。歷史上有許多例子告訴我們，有些偉人甚至連學校都沒唸過，但是他們的成就仍然非常輝煌。

據教育界人士談及，有些父母認爲學校裏的功課對孩子來說十分沉重，但是同一班的另外一位家長，又認爲孩子班上的功課太少，這樣常使導師們不知何所適從。我想造成這種現象的主因是父母望子成龍，恨不得孩子在極短時期內把什麼都學會了。殊不知「羅馬不是一天造成的」，古人尚知百年樹人的道理，爲什麼今天我們一定要揠苗助長呢？

少數的「明星」學校不一定能造就傑出的人才。有的父母節衣縮食，供給每個孩子唸私立學校，生活上雖然捉襟見肘，孩子的素行却不見得高過一般的國民學校。不久以前報上曾披露某私小與師專附小學童作球賽，私小學生半數以上有近視眼，成績不及附小一半，同班級的女生與私小男生對抗，仍未能打贏。這個事實顯示，一般私小對知識的傳授也許相當重視，却忽視了德育與體育。

現今的社會行行出狀元，一技在身，一世不愁，做父母的明白這個道理，就不會庸人自擾，對孩子就讀某個學校的問題大費周章。

民國六十四年三月二十日原載聯合報家副版

也談拼圖片

讀中副允緯女士「拼圖片」一文，令人感觸良深。蓋目前我國學前教育雖然也仿歐美，但是受不到社會鼓勵以及父母們的贊同，大家的願望都是小小的年紀就要把他們送到好的幼稚園，所謂「好」的標準是五、六歲的孩子會寫很難的字，懂得哥哥、姐姐五、六年級教科書上的常識地理，至於園內遊戲設備，玩具多寡，以及老師教導態度則在其次。

筆者在美攻讀兒童發展教育，回國後從事有關兒童福利工作，年前曾接受亞太理事會補助金往澳洲、紐西蘭考察學前教育，在那兒我看到他們的幼稚園教育，綜括言之是「玩與遊戲教育」，他們的教具是積木、拼圖、黏土、細砂。我很有興趣的帶回許多富有教育意義的拼圖和積木，價錢雖不便宜，但是其質料之上乘，顏色之艷麗，不但兒童愛不釋手，而且耐用，完全無毒性。

我國玩具工業缺乏兒童教育人員的策畫，目前均採外銷作業，生產方向也多以電動玩具爲主，價格昂貴，對兒童教育毫無價值，因此，有時候存心想給孩子買點好的玩具，市面上實在找不到。有一段時間曾發行過三十五行省我國地圖式拼圖，那是由文具行發行的，紙板甚薄，接合情形也不理想，雖然我曾購買一塊，可是孩子玩了兩次也就沒有興趣了，如果我們廠商也能製造出質料好，不會彎曲變形，不會捲邊脫色的「拼圖地圖」或是其他有教育意義的玩具，想必可以啓發兒童智育，帶給兒童健全而愉快的童年。

幼稚教育中最重視和切實推行積木、拼圖教育的是前幼幼托兒所郭所長，該所除了擁有整套國外訂購的各型「福祿貝爾」積木以外，郭所長自己用木頭製作了各式拼圖圖案並着色供幼兒拼玩，她是眞正懂得兒童教育與推行兒童教育的人，可惜該所由於郭女士的早逝而面臨停辦的命運。

允緯女士從兒子玩「拼圖地圖」中發現此種教育要比背誦死書有趣而功效大，眞是深獲我心，可是在升學主義的今天，我們的父母和學校都重視孩子的「死背」「惡補」能力，誰又眞正關心和注意兒童的興趣和潛能呢？

民國六十四年九月六日原載中央日報副刊

秋林

相思樹伸延無盡，我獨自踩遍那飄落的相思葉，片片的落葉落在我寂寞的心湖裏，心湖裏藏着你的影子，走在相思樹林裏，怎奈得住那無盡無際的相思意？

山上的秋意更濃，更令人心靈冷縮，沒有人知道你的歌，你的夢，知道你的淚，在異鄉，你的淚是凝結的，點點淚珠，壓在那小小的秋菊上，歡樂也罷，哀傷也罷，成功與失敗都無所謂，我準備去啜飲生活中的各種蜜汁和苦酒。

我即將歸去，沈重的是那步伐，淒涼的是那影子，山間的夕陽笑的很含蓄，含蓄的有些憂鬱，秋林薄暮，每當霞暉染紅秋林，總叫我泫然欲泣，抓不住的是那時光，載不動的是那滿腹的秋思，歸途中，我該留下什麼？那份秋愁，那份淒涼。

民國六十二年八月原載青年戰士報

月夜寄懷

夜已深沈，整個世界都已進入夢鄉，我從窗口眺視仰望，月兒在夜幕上奔馳，但願它能帶着我的思念投向你，猶記離別前你爲我譜奏的樂曲，雖然那些歌詞我已依稀忘記，可是我仍記得那首美妙甜蜜的愛戀曲，那單純的旋律像一根金色的線，穿越每一個記憶，編織在我夢境的心坎裏。

在你懷裏渡過的時光，我不後悔，有人說，我會忘了你，他們怎麼會看透我的心？如果沒有你的愛我從那裏找到力量，背起每天的重擔？如果沒有你我又如何能在危險患難中安然渡過？

夜已深沈，我從窗口許願仰望奔馳的月兒帶去我的祝福與思念，因爲惟有你的信賴和忠誠是如此的激勵和堅守我的信心。

民國六十三年五月二十七日原載新生報副刊

又見月光

有一夜，很晚帶龍兒回家，他的小手頻指着遠掛天際的一彎新月，但見月光像一面精細的篩子，輕輕搖晃着，心裏覺得舒暢無比。的確，我們有很久一段時日不見月亮了，也許是久住都市的人由於生活匆忙而忽略了美麗詩意的月亮。

猶記兒時，我與母親最愛仰視天際那彎彎的月亮，母親最愛哼那首剛學會的「月兒彎彎照九洲」的新歌，一面輕拍搖我入睡，夜風微拂，月華如夢，那份寧靜與沁涼，眞要比現在什麼「合歡」冷氣或是「惠而浦」要享受的多了。

如今，在都市要想刻意尋覓月光却不是常有的事，有時候月光害羞的躲藏在密集的高樓背後，又有些時候爲大臺北都市塵霧所沖淡，因之，要想望月、賞月的機會實在不多。

今夜，月光傾瀉在大地，踏着細碎銀亮的步履，澄淨清涼無比，整晚，我們一家人都溶合着充滿月華柔和的夢幻中廻轉！

民國六十三年十月四日原載新生報副刊版

三輪車之戀

「三輪車，跑得快，上面坐個老太太，要五角給一塊，你說奇怪不奇怪？」這是我們童幼時最愛唱的一首歌；那時候，街面上奔馳的摩托車不多，轎車更少，三輪車是我們惟一熟悉的交通工具，價錢公道，三輪車夫也和藹可親，不像現在的有些計程駕駛先生，短程不開，不備零錢遭白眼，坐在上面，那種疾速行駛的場面，實在令人不敢恭維。

猶記小時候，坐在三輪車上，我夾在父親和母親座位的中間，黃昏之際任由三輪車載着我們在堤邊螢橋上徐行慢駛，清風徐來，令人心曠神怡，那時候空氣潔新舒暢，街道上沒有汽油味，沒有喧鬧聲，十塊錢的車資，夠你逛遊半個臺北市了。

下雨天，坐在三輪車內，猶如躲在帳幕裏，你可以傾聽雨滴的敲打，雨聲的喧嘩，當然最羅曼蒂克的該是熱戀中的男女，坐在三輪車內，那小小的世界是屬於倆個人的，不必擔心前座的反光鏡，識相的三輪車夫，會慢慢的踩踏，任由你們情話綿綿，那時候沒有人「趕時間」更沒有人爲生活而「趕場」。三輪車夫一面踩着三輪車，一邊會很親切的與你閒聊家常，你不會隨着車資錶的運轉，感到「太可惜」，而覺得心跳加速。

我是多麼希望時光倒流，讓我再坐一次三輪車，重溫一下舊日生活的逍遙，如今匆忙奔馳的生涯眞是令人感到怠倦啊！

民國六十一年十月二十三日原載新生報副刊

青苔

記得三十八年我隨父母遷居臺灣時，僅僅是十一歲的小女孩，那時候在我們所居住的日式房屋的後院有一大片空園及水泥地，每當陰雨數日以後，地面上常長滿了厚厚如綠絨茸般的青苔。有一次母親爲我縫製了一件藍紗的跳舞衣，我穿着這件飄飄欲仙的新裝和小朋友在後院玩官兵捉強盜和捉迷藏的遊戲，不小心滑倒在青苔上，元寶大翻身以後，全身都是泥漬，進屋換衣時被母親大罵了一頓，日後，我再也不喜歡穿那種令人拘束的新衣服，但是對厚厚的青苔還是十分喜愛，那時候室內裝潢以及地毯還沒有如今的發達，在我幼小的心靈中一直就認爲青苔是大地的地毯，因爲它是如此的厚軟令人看到以後感到無比的舒適。

如今婚後，居住在高樓櫛比的所謂最新式的大厦中，在厚厚的地毯以及冷氣聲中，我緬懷昔日金色的童年，不但在我們的公寓附近找不到青苔，就是鄰近的田間小道也尋不到青苔的芳蹤。

據科學報導污染的空氣是植物致命的主因，都市中的人們每天在汽車的廢氣中討生活，每日公畢回家二個鼻孔全是黑煙，公害令萬物之靈的人類深受其害，更何況那柔細佈長在地面的小小青苔？

科學發達，人類的生活較前舒適了，可是對人類是福？是禍？尚無定論，大氣污染的公害，日漸增加，由小小的青苔令我感慨不已！

民國六十四年八月原載新生報副刊

隔江猶唱後庭花

記得小時候曾經唸到一首詩：「商女不知亡國恨，隔江猶唱後庭花。」今日，我們所處的是一個極其艱苦的反共時代，可是臺北市却常常瀰漫着虛華的浮風，自從蔣院長上任以後，政風革新了，可是世風仍然朝向貪圖舒服與享受。

不知道爲什麼電視臺總喜歡介紹影歌星的私生活，例如這位電視紅星的家多豪華，她有多少衣服，這等於間接的告訴青年人「要想賺錢享受嗎，來作影星歌星吧！」，難道我們不能介紹些在學術上、事業上刻苦奮鬪者的生活，讓我們青年人有個爲人處事的楷模？

今天的社會是一個笑貧不笑娼的社會，君不見許多影歌星一擧手、一投足之間帶給社會有多大的影響！當然在他們中間也有氣質風度極佳者，可是有些人無論在衣着、談吐中，都是俗不可耐，影響善良的風俗，尤其是有些主持人公然在螢光幕上打情罵俏，不知臺下正有多少眼睛在注視，一付旁若無人狀。有許多的青年人可以不知道我們國家的歷史、地理，但是對影歌星的生辰年譜，如數家珍。當然，有的人認爲這是經濟繁榮的必然現象，可是難道忘了我們今天應該是臥薪嘗膽，復國建國的時候？「商女不知亡國恨，隔江猶唱後庭花。」是多麼令人傷心和痛恨啊！

民國六十一年九月二十五日原載臺灣日報

讚美的藝術

人都希望受到讚美和鼓勵，無論是孩子或大人。

我們鼓勵兒童做事，應從讚美開始，如果只是一味的抱怨或指責，則容易造成他的反感的煩躁心理，妻子或丈夫也不應該吝嗇一句適時的讚美，讚美是人生的潤滑劑，可以減少許多不必要的磨擦和困擾。

戀愛期的男女所以感到快樂，是因爲他們懂得讚美和欣賞對方的成就，婚後男女所以易於感到怠倦，是因爲彼此懶於開口讚美，婚姻的和諧藝術是懂得讚美和賞慕對方。

尤其是做妻子的成日在家庭中，厨房間與柴米油鹽爲伍，極易感到頹喪，聰明的丈夫適時一句體貼的問語，可以增加她對自已的自信心，而懂得加倍回答你對她的好意。

兒童的笨拙更要父母耐心的讚美與誘導，每個人都喜歡善意的鼓勵。因之，我們對待別人，言行舉止都要有一定的分寸，尤其須要靠自已細心地體會，也許稍一疏忽，就會給別人帶來不堪的屈辱，謹於言，愼於行是做人起碼的基本修養。

民國六十三年八月原載新光月刊

客從美國來

外子大哥留美十年，乘着暑假休假之便，偕大嫂乘專機回國省親探望八十歲的爺爺以及兄妹六人的大家庭，一家人湊在一起，眞是十分熱鬧。大哥尙在攻讀醫學學位，大嫂在餐館工作，姪女則在銀行保險界服務。

外子與大哥年齡相差二十歲，自幼都是由大嫂扶養長大，爺爺的家庭是典型中國北方家庭，敦厚淳樸，長幼有序，偕大的家庭算起來已經第四代，人口數目有五十人之多，可見當時外子一家人由大陸撤臺時眞是歷盡艱辛，如今每個兄弟都已成家立業，當可告慰八十餘歲的老父親了。

大哥說臺北今日進步迅速，物質生活也比較以前豐盈，但是交通情形則是十分紊亂，記得我在澳洲、紐西蘭考察時，當地曾經來臺訪問的外賓也對我說過臺北交通紊亂眞是世界之冠。別人的評語我們眞該檢討，那種人車爭道，摩托車橫行的嘈亂，何時才能休止呢？其次大嫂說美國保險事業十分發達，任何保險項目投保人都十分踴躍，因爲投保人享受的利益十分優厚，所以每個國民都願意投保，此外國家的社會福利辦的也十分理想。

美國社會緊張忙碌，中國人仍擁有落葉歸根的思想，所以雖然人在美國，但是十分念國念家，還是自己的國家同胞充滿人情味，大哥回國作客一月，我們沐浴在手足之愛的親情中渡過了一個十分美好的暑假。

民國六十四年九月原載新光月刊

危險的爭吵

卽使美滿的夫婦偶爾也會吵架，從來不吵架的夫婦可能已經達到完全了解和一致的默契境界，但更可能只是因爲彼此不用關心，吵架能使你們彼此協調，了解彼此差異，但它可能也是破壞性的，有害無益。

當一場衝突，夫妻間賭氣以後，打開僵局的最好方法是向對方解釋，有些人平常對別人發脾氣，吵過就忘了，唯獨對自己的丈夫或妻子，往往會愈想愈氣，甚至一兩日都不會消除，因此彼此會心想，兩方爲了自尊心與優越感，冷戰不休。

夫妻在一次衝突以後，彼此心平氣和的解釋是絕對需要的，因爲原因弄不淸楚，將會導致另一次爭吵的導火線。一隻觸過礁的船，又在同一地點擱淺，是最愚蠢的航才，尤其是身爲人妻者應該特別控制自己，因衝突而在感情激動的時候，任性打破家中的東西，該是最粗暴的一種行動了，因爲一隻不值幾文的物品破碎了還可以購買回來，而無價的愛情破碎了，將是令人追悔莫及的事。

民國六十四年三月原載新光人壽月刊

有驚無險話保險

國人一般觀念總認爲保險是一件費錢的事，就連我個人亦不例外。外子擁有一部「跑天下」，當時我們保了半險，因爲全險全年要繳保費五千餘元，而半險只要保費的一半。

此次暑假日月潭之遊，想不到出了車禍，幸好是人無受重傷，不幸的是車子毀了，金錢損失慘重，如果當時我們保全險就不會這樣操心和損失了。

話說乘着孩子暑假和我休假之便帶了雙親大人由外子駕車，赴臺中訪友，順道遊覽日月潭，由臺中至日月潭的路途外子不熟悉摸索開至目的地，停好車，進了餐，孩子吵着要爸爸帶着遊湖，又爲他們買紀念品，照顧倆老，想必十分疲乏，由於興起，我們忽視了駕駛人的精神，當夜希望趕回臺中，自日月潭開車，約行二十公里處，我們正昏昏欲睡之際，外子爲躲避一巨石，方向盤向右躲閃不及撞至旁邊巨崖，但聽轟然一響車子刹住，我抱着懷中的孩子，緊急回頭察視雙親，父親整個身子壓在母親身上，我爬出車門，外子趕快抱出父母親，好在我們僅擦傷及輕微壓傷。

一場有驚無險的車禍使我們遊興大減，回到家計算一下我們這次旅行損失重大，車子還壞在臺中，如果我們當時保全險相信我們除了一些旅費以外，就不必負擔修車鉅昂的費用了？此次車禍給了我一個教訓，保險的益處實在很大。

二朵玫瑰花

那天，下班回家，拿起鎖匙開門之際，但聞客廳裏音響四飄，厨房裏香氣四溢，我就知道準是外子先我到家無疑？打開門果然看見外子圍着圍裙，拿着一枝鍋鏟，活像餐館裏的名厨，我放下東西準備往厨房裏幫忙，但見餐桌上午餐已經做好，外子炒的菜色香味俱全，難怪兒子說「爸爸做的飯菜比媽媽的好吃。」

臥室裏，我的梳妝臺上居然還插了，一朶嬌艷的玫瑰，想不到粗線條的他居然也有細膩的一面，盛開的玫瑰使我憶起了往日初戀之際美麗的歲月，彷彿自己又年輕了幾歲，難怪有人說柔情能令女人忘記憂愁和衰老，感謝他的細心，平淡的日子變得忽然神采多了。

儘管外子收入不豐，儘管我們的小屋樸實無華，但是我們對未來抱有無窮的信心與希望，斗室內我們豐滿的歡樂似乎永遠不會枯竭，有人拿鑽石和玫瑰來讓女人選擇，如果是我寧取後者，因爲鑽石的光芒雖令人眩惑，可是玫瑰花香的芬芳却是更濃郁沁人欲醉啊！只要倆人愛心永不變異，即令無名裘、巨鑽又有何妨呢!?

喜樂

有些人很容易羨慕別人，總覺得自己命運不濟，自己總是付出總是犧牲，其實快樂是要自己去尋求的，生活更要由自己來安排，那怕是在生命的白紙上儘是些黑點，只要你把它串連起來也會成爲美麗的音符。

人必須有一個寧靜的心，如果你心裏懷了不平，就會使你生活中失去謙和的情緒，試看大自然湖水必須極其平靜，才能在面上映照出美麗的天空來。

有時候，我們不能總是顧到自己的自我而漠視別人的自我，如果你能給人家一朵玫瑰，而那玫瑰的餘香，總仍會留在你的手裏。

民國六十四年九月原載大華晚報

三十感言

許多大學裏的同學遇在一起談起來總是感嘆自己老了，的確，一個女人年過三十還有什麼值得歌頌的歲月？但是對我而言，三十歲以後我才眞正的瞭解自己。童年時父母加於身上有許多無名的約束，中學以後學校裏逼迫着唸許多自己不喜愛唸的書，到了大學以後跟着許多同學後面編織白馬王子的幻夢，那戀愛的滋味眞是苦多於樂，婚後在奶瓶，尿布堆中悟出了某些道理，高居「媽媽」地位，這媽媽可不容易當，必須付出辛勤的代價，要想小國民有教有養，眞要唸通不少心理，生理學。

女人年過三十該是快樂逍遙期，絕不是男人所謂的「黃臉婆」，前些日子電影院不是還在放映「女人四十一枝花」的電影嗎？我看簡直不但是一枝花而且賽過花呢！

以前繁忙的生活，我從來想不到學什麼，如今爲了應付挑嘴的丈夫必要學二道拿手菜，要想把家佈置的井井有條，在色彩學與裝璜學方面，必須略具常識，爲了培養兒子的音樂細胞必須買架鋼琴，讓我這個老鼓手來重演一下兒時憧憬的音樂美夢。

越來越發現這世界有許多可愛與值得我追求的東西，更開始意識到，每個人的心裏，都必需有一片不染俗塵的淨土，那裏或許是一聲祝福，一首小詩，都可成爲妳心靈上不落的太陽，這樣妳才不致於在滾滾俗塵裏，拋擲掉許多生命裏應該執着的東西。

如果你有一些領悟，將不會感嘆年華老去的悲哀！

生日快樂

生日那天，一清早起來，兒子就畫了一張圖畫送給我，在我耳邊輕語「媽媽，生日快樂！」外子本是粗枝大葉的人，突然細心的對我說：「今天我提早回來陪妳靜渡生日。」原以為他說完就忘了，想不到下午二點鐘他就打道回府了。難得他謝絕了外面的應酬，準時回家，戶長似乎是十分誠意的拉着我上新光百貨公司準備為我選購生日禮物，雖然他一再耐心的為我挑選，建議，無奈日漸「發福」的身軀再也不敢作青春少女的打扮，最後我決定買了一雙比較艷麗的皮鞋配我那身淺灰色的洋裝。

本來我們準備在外面吃飯，看到地下樓清潔整齊的市場，我提議買菜回家烹煮，「老爺」今天準備掌廚，大件小件的買了不少，我也不好意思的拿出「私房錢」買了個生日蛋糕應應景，生日我們從不敢驚動親友，個人馬齒徒增，值不得勞師動衆。

晚餐我們與父母一齊共渡生日，眼看着父母年老的身軀，內心深感他們養育之恩，當然我也感激外子的關懷與體貼，雖然他並沒有送我什麼昂貴的禮物，但是我感激他對家庭的盡責，對孩子的熱愛，一顆愛心是最好的禮物，兒子的那張畫更給我的生日描繪了更多的幸福與快樂！

家居情趣

儘管每天日子過得單調乏味，但是情趣却是要自已去尋找和安排的，有些人可能視家務爲沈悶的苦役，可是只要你抱着一顆愉悅的心，將不會覺得煩悶。通常在工作中，我會打開音樂，讓優美的旋律伴隨我洗衣，擦地，卽令是一堆油垢的碗碟，將它們拭淨放在玻璃櫃中，一個個閃着無垢的光輝，不也是一種樂趣？

難得的是外子能體諒我的辛勤，平常他工地業務忙碌決不插手家事，可是星期日，他總會幫我洗地，買菜，甚至進厨房權充厨師，讓我安靜的看一次週日電視欣賞，老爺的烹調手藝常獲得我和兒子的讚賞，一誇獎，他在厨房中忙上忙下更是不要我過問了，我也樂得偷閒陪兒子畫圖，講故事，其樂融融的一週假日，恢復了我們一個星期工作的辛勞。

我和外子都有一個習慣，總要把家務處理完畢以後，窗明几淨之時，才愉悅的坐在客廳裏，吮着香茗，細談一日瑣事，有時他拿起一根香煙噴雲吐霧，我則在旁細讀一本好書，忙碌的生涯，使我們無時間爭吵，無時間煩惱，甚至無時間挑別人的錯處，忙雖忙，無論如何，日子過得都很充實和快樂！

浮生半日閒

離開高雄龍兒姑媽的家以後，提着簡單的行囊，外子明笑着對我說：「這次把龍兒放在姑媽家渡暑假，我們可輕鬆了。」我說：「輕鬆是輕鬆可是又好像失落了些什麼。」明說：「你眞是有福不知享」。雖然他這樣說，可是坐在歸向臺北的長途汽車裹，他倒比我先想念起兒子了。

婚後，我們倆除了上班工作以外，育兒佔了我倆所有的時間，這次是我們第一次離開兒子，讓他學習自立的機會。旅途中，我們彷彿又回到婚前戀愛的模樣，我看到他額後憑添了無數白髮，他說我頻前眼角也印上了紋印，這些都是歲月的痕跡，猶記新婚前三年，我們也有爭吵的時刻，婚後四年我們才開始能體貼，瞭解對方，這就好像一位婚姻專家所描述的，婚姻像一塊有角的石頭愈磨也就愈光滑，和諧。

這段單獨相處的時機，使我們回憶起許多共處時的小節與甜蜜時刻，外子明不是個善於言辭的人，他的性格粗直而急燥，偏偏急驚風遇到慢郎中，他急我不急，他對我好是表現在日常生活中，而非表面上，當初欣賞他的地方，也使我吃了不少苦。

高雄與臺北路途很長，但是有他陪伴，我們一直喋喋不休，似乎很快就到了終站，車中有的人奇怪我們這對不算年輕的夫婦那來那麼多話講，這段偷得浮生半日閒的時光，使我們重新撿起了年輕戀人時的回味，但願我們都能彼此珍惜相伴，攜手走完人生旅途的最後一站。

雜感

我從小對買便宜貨沒有信心，因爲那種盛況空前的熱烈場面我招架不了。但是這次公教福利品中心成立以後，我却興起了很大的希望。當了將近十年的公務員，跟在私人機關任職的同學相比之下，總覺得他們「錢勢」欺人。這一回我也可以在他們面前誇耀一下公務員的福利了。

年前，爲了辦年貨，曾經到中心去看看，發現除了肥皂粉、衛生紙、床單和年貨外，其他物品不多。服務處人手不足，購買者還要塡單子，所以情形並不簡單。但是我「既來之，則買之」，還是買了五包衛生紙，壹包肥皂粉，壹包粉絲。買好以後，才知道售貨者不管包紮，連要一張大包裝紙都沒有。於是一路上我捧着這些物品小心翼翼的回到家裏。在這種情形下，精明的主婦都不會搭乘計程車，因爲計程車費會抵消了貨價的便宜數目。有過這次經驗以後，我寧願讓巷口的小店剝削，因爲他們服務到家，省了我的「舟車之勞」。

第二次，我又到辦公室附近的購買中心，發現三個月以後那兒的貨品還是那幾樣。塡單子手續已經取消了，但是服務人員經驗不足，有手忙脚忙，照顧不到的現象。我認爲服務員應加訓練，以增進效率。在場有幾位主管樣的人物，態度嚴肅而傲慢，引起反感，亦應改善。

福利中心成立，對穩定物價功不可沒，希望主管業務單位能夠百尺竿頭更進一步，才不辜負政府對公務人員的美意。

民國六十四年三月二十四日原載國語日報

談主婦與家事

管家是一樁單調，空洞，而令人疲倦的事業，男人做起家事來，往往不覺得燠喪，他只不過偶一爲之而已，至於家庭主婦之厭煩家務事，由於男主外，女主內的分工制，把她完全固限在這種沒有個性和不重要的家事上。

我不知道別人如何，拿我自已來論，丈夫下班回家，倘若家裏亂七八糟，他就會縐眉頭，倘若家裏被整理的井然有序，他則視爲當然，毫不察覺。

在婚後十年的摸索當中，我發現今天一般男人，爲了獲得一個停泊處而結婚，但不準備把自己限制在婚姻裏，他要有一個溫暖的家，却又希望可以自由出入，無拘無束，他雖定居下來，却仍懷着一顆流浪的心，他厭煩千遍一律，他好奇，愛冒險，喜歡征服外界；至於主婦呢？雖然一般人不願意承認自己的工作徒然，但是她只有以威力強迫丈夫或兒女接受她的服務，才感到自己的重要與被重視感。

我認爲婦女的工作，是要依靠丈夫和兒女，惟有他們的欣賞，她的生命才有意義，這樣她們在操作單調煩悶的家事時，心情感到輕鬆愉快，否則的話，倘若她消極煩惱，則家事便成爲沉悶的苦役了。

父母的愛心

德國大教育家福祿貝爾說：「教育者無他，唯愛與榜樣而已。」教育孩子應以愛教，誰都知道人類沒有愛將會成爲怎麼樣無情的世界。愛是人類進步的原動力，當然更是教育的原動力。

讀過愛彌兒和亞米契斯著的「愛的教育」，父母知道眞正的愛是什麼，愛是出乎心靈的至誠流露，它不是慫恿而是鼓勵，不是溺愛而是眞愛。

天下的父母都熱愛自己的子女，但是受愛的子女却未必個個成器，因爲父母施愛的方式必須恰當和適時，例如，孩子在平地上跌倒哭了，母親看到心疼，趕快拉他起來，這種疼愛是不對的，正當的態度是讓他自己爬起來，同時鼓勵他不要怕，因爲父母不能跟孩子一輩子，必須培養他自立的能力，過份育愛，等於浪費了愛，反而害了他們。

此外父母愛孩子應培養他們眞、善、美的情操，以尊貴的心地去建立人生基礎，無論稱讚他們、責罵他們，都要出於愛的本能，並應時常鼓勵孩子，他們必會對自己產生自信心，爲未來的成功，感到高興與幸福，兒童自幼接受了眞正的愛，自然在其未來人生旅途品格發展上向著美好的前途奔去了。

平等對待子女

我有一個女友，她看到我經常訴苦的說她與其姐姐感情始終不睦，原因是她姐姐生得伶俐，口齒乖巧，頗得父母的歡心，而她本人則心腸梗直，絲毫不會逢迎別人，因此她常常感嘆的說有時朋友的情誼要比親情要濃厚的多。

父母教養子女應該一視同仁，不能因為某個孩子長的可愛，生的聰慧而有所偏愛。兄弟不睦在聖經上就有互相殘傷的記載；我國古時候曹操兩個兒子曹丕與曹植自幼就不友愛，因此其弟寫有一首詩「煮豆燃豆萁，豆在釜中泣，本是同根生，相煎何太急。」有時候子女為了獲得父母的獨愛樂寵，鞏固其地位，常會漠視親情，做出令父母傷心的事情。

為人父母者在處理子女糾紛時不可不慎，不應一味偏護幼小者，也不應寵愛長子女，我們應該謹記「父慈子孝，兄友弟恭」的古訓，如此則家齊，家和萬事興。

我們常可以看到，作父母的常喜歡在兄弟姐妹之間製造並鼓勵一種競爭，這種錯誤，等到孩子長大成人時，便發生了嚴重後果，彼此不睦，產生了許多家庭問題，因此，爲人父母者在兒童教育上不可不愼！

養不教父之過

臺北地方法院少年法庭五月二十四日根據少年事件處理法第八十四條的規定，把兩名被裁定處罰少年的家長姓名予以公佈，並各處罰鍰一千銀元；這是自六十年七月一日少年事件處理法公佈以來，少年法庭第一次對少年犯的家長加以懲罰。

少年犯罪，可以說是工業社會的副產品，由於商業發達，一方面使家庭結構，社會形態發生顯著改變，另一方面由於外界物質的誘惑而使青少年，迷失方向，不能自恃。

遏阻少年犯罪，應從多方面著手，加強家長的責任，顯然是最切實最有効的途徑，據司法機關調查，少年犯罪的原因，以家庭因素居第一位，因此我們知道必須切實加強家長責任方能遏阻少年犯罪，父母對於子女精神上的撫慰，人格的薰陶，情緒的培育，影響深遠；假若父母生活奢侈，行爲荒誕，子女耳濡目染，上行下効，必會產生問題。世界上沒有不愛子女的父母，旣然熱愛子女，就應該切實擔負起管教監護的責任。

禮運大同篇曾謂「禮義以爲紀，以篤父子，以睦兄弟。」家庭是我國社會組織的基本單位，一定要加強其凝聚力，加強父母管教子女的責任，不僅消極的遏阻少年犯罪，更進而積極的鞏固家庭結構作用。

人情練達皆學問

人性是自私的，這一點尤以幼小兒童爲最。例如：他們要是得不到某種要求時，往往發怒，破壞以及啼哭來。達到他們的要求。絲毫不體諒別人的處境及要求。其實兒童在幼稚園階段已經奠定了其人格的始基。因此我們身爲父母者，必須利用幼兒學前這段時期教導他們如何體諒別人，否則待他日後長大成人以後，如果只是按照自己的旨意而不考慮別人的感覺，輕者，在個人婚姻上難以和諧，重則影響一個人的事業。

歐美各國，尤其是英國，對兒童禮貌，從小，就特別注重「謝謝」以及「請」總是常掛嘴邊，經過別人門前也絕不可高聲喧嘩，以及其他種種餐桌禮貌，對於幼兒我們要告訴他們做人的道理，我們知道體諒別人是一種美德，一個人如果能時時以別人爲念，長大後必定不會是一個暴戾與貪慾的人。

我認爲目前國內無論大、中、小學，都缺乏禮貌的生活訓練，僅重視知識的傳授。其實一知本體而能體諒別人，必定人恒敬之，「禮」是人與人之間的潤滑劑，父母們，我們實在應該及早訓練兒童成爲一個知禮而體諒別人的好孩子！

家庭休閒活動

由於產業革命，工商業繁榮，西俗東漸以來，中國舊有維繫家庭之制度與情感，漸漸被破壞，爲了家庭經濟與生活問題，家庭中份子整日在外忙碌，更由於現代化之生活與外界聲色之娛樂，影響到家人相處的機會，這都是由於家庭中缺乏了愛與情感的關係，因而產生了各種新的家庭問題，尤其是近年來問題少年的形成，大多數都是由於父母親外出工作，或父親整日在外，母親成日打牌，孩子們在家無人照顧敎養，家庭生活缺乏情愫，加之生活自由與優裕的享受，如在家中尋求不到庇護與獲得安全感時，於是孩子三五成羣結黨，到處滋事，嚴重地影響到社會之安寧與秩序。這些不幸的問題少年，考其原因都是缺乏家庭之輔育與家庭中缺乏情趣生活的調劑，所以爲了避免家庭走向悲劇之路，建立家庭中之友誼與情感，除了家庭中每一份子應該多逗留在家中享受天倫之樂外，更應該提倡一種家庭之共同目的，正當的娛樂與嗜好，來建立與維繫親屬間之情感。

我國很早就知休閒活動之重要，如周代春夏習干戈（武藝），十五歲於庭院習舞家（武藝），又如唐朝歌舞聞名於世，當時國家興盛，聲威遠震，四海歸順，文化交流，在歷史上號稱盛唐，由此可見一個民族的文化程度和當時各種休閒活動的藝術是極有關連的。

原始時代，人類便有工作和娛樂的互相調節，而且是極自然的適應，如狩獵時的歌聲，鋤地時的相互談笑，都是娛樂。人生需要休閒娛樂，正如需要空氣、日光同樣重要，一個沒有娛樂的家庭，將會失去生氣和活力，所以娛樂也是幸福家庭的重要條件。

許多偉大的哲學思想，宗教，藝術，以及科學，都是在家庭中休閒時沉思的結果。如大科學家牛頓在家中大樹下漫步，見蘋果落地而發現萬有引力定律。美社會學家藍得斯 Landies 說：「休閒時間創造了人類佳美的果實」。由此可見人類一切的文化均是由休閒時（Recreatien）中所產生的。

美國芝加哥大學研究少年心理發展的鮑曼教授（Dr. Paul Bowman）認爲凡是有高智力商數孩子的家庭，做父母者對於子女的前途，定有長遠的計劃，同時也會給他們學習許多學校教育以外的東西；如音樂、舞蹈、課外讀物等，以及許多良好的家庭休閒娛樂。要看一個孩子是否有良好的教養，可以從他和父母的談話中知道，大多數智力高，在學校成績好的孩子，一定來自一個能夠自由發表意見和溫暖有趣的家庭。

休閒活動乃是家庭全部生活方式中所不可缺少的一部份，無論丈夫，妻子或子女，在工作之餘，每個人如欲舒暢身心，恢復疲勞都想變換一下生活方式，從生活與智慧中求得享受，對於工業社會的今天，青少年尤有此種需要。

心理學家認爲兒童的「遊戲」乃是發揮幻想力的一種方式，更可以說是培養創造力的一種方式，兒童的遊戲既是表現幻想力的方法之一，因此我們除了知道遊戲的價值可以發展兒童的五官，發展兒童的本能，發展兒童的認識能力，觀察能力與合羣能力而外，我們要切實注意兒童遊戲上的創造能力，父母看到孩子遊玩，應當瞭解孩子想玩的迫切，他需要玩具，他需要地方，也需要時間和玩的自由，這是父母應當虛心承認與密切加以注意的。

凡是小時候未能享受遊樂的孩子，無論精神或體力都不會發育健全。不懂教育意義的家庭，常給小孩一些實際的工作，在大人方面固然可以收實惠，在孩子本身却蒙受很大的損失，反過來說：凡是一個小時候玩夠了的人（不是說學齡時期學童而不讀書），他成人後會有實現理想的能力，至少他有着理想的能力，我們看孩童用方木蓋房子與大藝術家把思想畫出來，不是同樣的道理嗎？這種成就的根本乃奠定在兒時的遊戲上。故爲人父的興趣而不應擅加阻攔與嚇阻，尤其在「惡補」風氣的今日，做父母的當孩子放學回家後實不應再強迫他用功。

西諺有：「工作時候工作，遊戲時候遊戲」的說法，這裏所謂遊戲，是廣義的指工作後閒暇的享受，可知他們是習慣於把工作與閒暇視爲同等價值的，其實享受閒暇就是調劑工作，有適當調劑的工作，才能產生莫大工作效能，人不能永遠生存於不斷忙碌中。我國過去立國精神，強調「勤」字，講讀書則是懸樑刺骨，穴壁營燈的一套不健康不合理的鼓勵。父母們極端壓抑子女們的嬉戲，認爲遊戲卽是偸懶，講工作則嚮往周公一飯三吐哺，一沐三握髮的憂勞，實際上一個人只有閒暇沒有工作易於頹喪，只有工作沒有閒暇也易感覺枯寂，只有二者適當的把握和運用，才是我們所要追求的人生眞正生活面。

康德認爲藝術起源於遊戲，更多的學者認爲人類文明半產生於工作後的閒暇，假若牛頓沒有那個於蘋果樹下的閒暇，何由產生萬有引力定律？

休閒的種類雖然很多，但現代家庭娛樂一般均由其他社團機構而代替了。根據美國青年協會(American youth Commission)在馬利蘭州曾作一調查：在一千三百名被調查的青年答案中，認爲以家庭爲本位的娛樂實屬重要，不論對個人或整個家庭來說，只有以家庭爲中心的娛樂，才有價值可言。

另一項報告是根據紐約州某地區的青年統計調查以家庭爲本位的休閒活動情形，在這次調查中發現，百分之八十七的家庭是既沒有家庭娛樂，也沒有家庭團體的社交活動，在提倡以家庭爲本位，俾造成一個康樂國家的今天，這實在是一個極可悲嘆的事，因爲有很多因素會促成家庭的破裂分散；如家庭傳統的減弱，住宅的不適宜，再加上很多可去而不適宜青年人的場所，是故父母必須知道家庭休閒的重要，以便使家庭各份子均因此而培養成一個善於適應而成熟的公民。

從事於家庭娛樂，可促進家庭各份子相互間的瞭解，並使家庭成員皆能和睦快樂地相處一起，這種享受不是個人所能單獨構成的，它建立了一種有所屬的感覺，而使家庭份子獲得安全感與自信力。

為父母者實可利用家庭娛樂機會來教導子女從事工藝勞作，社交跳舞，以及其他興趣所在的遊戲；而且由於參加家庭娛樂，使青年人對於商業性娛樂供應的需要日漸減少，因為商業性的娛樂，往往使人沉緬其中，與現實生活脫節，因而忽略個人職責所在，青年正當青春期，青春期的青年天性是好動的，活潑的，青少年皆視運動，休閒娛樂有如第二生命，否則其過剩精力無從發洩致生壞念。

古人謂「勤有益，戲無功。」用於今日，勤儉固是成功要件，然而遊戲對青年身心的發展有價值，在外國歐美已提出如此口號「遊戲不再是罪惡」(Play is No Longer Considered Sin)，因為在先民時代，一切都要假之於手，「日出而作，日入而息」如此必須每天辛勤工作以換取衣食，但是今日由於機器的發明，給予我們便利與舒適，因而也節省了我們工作的時間與精力，我們必須要善用休閒時間，以得到恰當適宜的娛樂消遣。

(我們所能給予孩子最好的禮物莫如及時為他們安排適當地娛樂，予以適度輕鬆機會，如此則可解除子女精神上的緊張與不安。假使做父母的能化時間，偕同自己子女，一同傾聽大地的聲音，及從事於舒展情緒的娛樂，如清明時郊外踏青掃墓，八月節全家團圓賞月，重九登高爬山，慶典節日與子女共渡，時時注意增添家庭中幸福氣氛，如能這樣相信我們家庭中的問題少年必能於潛移默化中改變其氣質），此時此地家庭休閒活動實有值得我們研究探討之必要。

現代離婚問題

自工業革命以來，人類婚姻關係日趨脆弱。物質文明雖然帶給人類許多生活上的舒適，可是却削弱了人類的道德觀念和倫理觀念。近幾十年來世界各國離婚率普徧提高，家庭悲劇愈演愈烈，就以素來重視家庭制度的我國來說，這種現象也已非常顯著。

失敗的婚姻將導致離婚，遺棄與分居等家庭問題。美國社會學，心理學家研究的結果指出，如果一個小孩的父母婚姻是快樂的，則這個孩子將來得到婚姻快樂的機會也就大些。又早婚是有害的，男孩不應在二十二歲前，女孩不應在二十歲前。

美國人結婚最容易，所以他們離婚率佔全世界第一位。據統計，美國離婚率百分比如下：一九〇〇年百分之三十七點八，一九三〇年百分之十七點三，一九五二年百分之二十四點八，平均每年有萬對夫妻離婚。

英國離婚數字也一天天增加，根據英倫及威爾斯婚姻註册統計，一九三〇年結婚與離婚比例是一〇〇比一，可是到一九五一年之比例則爲十比一，由此可見英國離婚問題日趨嚴重。西德則於戰後已批准七十餘萬件離婚案，有三百萬孩子無父母照顧。

至於說到臺灣省的離婚案件，我們也不能忽視，民國四十七年有四一、八四八新人結婚，離婚者四、五〇四人，百分比爲十點七。到四十八年，結婚八七、八七二對，離婚四、六一四對，百分比降到百分之五點二。到四十九年結婚八三、六一五對，離婚四、六三〇對，又升到百分五點五。

古時，婚姻契約的終止是死亡，少數的婚姻是由於特殊情況而宣佈無效，如我國農業社會的不妊可以休妻（犯「七出」之條），當時多由男方提出，而女子僅有默默接受的義務。

我們再進一步研究，可發現這樣的事實：㊀城市較鄉村離婚率高。㊁離婚通常是沒有子女的夫婦，孩子可加強父母愛心。㊂離婚在某些職業方面較多，如丈夫的職業經常外出者，像演員，商人，音樂家，運動家等。㊃離婚家庭信敎較不信敎的少。㊄離婚通常發生在結婚的早期，如能度過前五年，婚姻則較易維持。

歐西各國離婚所以如此嚴重，原因不外下列幾點：㊀現在一般婦女所追求的解放，不但要爭取政治，經濟，社會地位的平等，而且要爭取性地位的平等，因此造成女人性道德偏差。㊁雙方了解不夠。大部分專家們指出，離婚的重要因素是因爲青年人對於結婚沒有責任心，同時結婚沒有經過仔細的觀察，對於相互間的情趣沒有相當認識。㊂金錢問題。一位西德律師說，戰後西德離婚者猛增，是由於大家嘴上談愛情，而在內心却只想到金錢。夫妻感情不好，常因家庭收入不能維持生活。美社會學家說，一旦生活困難，彼此都不能相互體諒，以致造成夫婦仳離。㊃雙方因為生理上的缺點，彼此不能容忍，結果形成離婚。㊄嗜酒的惡習。通常多由於男子因嗜酒而置家庭於不顧，許多夫妻因此離婚。㊅法律上的原因。法律對於離婚限制過鬆，如美國內華達州西部的雷諾和拉斯維加是美國最易離婚的地方，夫妻感情不合，只要在該地住上六星期，就可以引用該地法律請求離婚。夫妻無論任何一方是否眞的受到虐待，遺棄，只要住滿期限，都可請求離異。雷諾的法庭處理離婚案件簡單而迅速，在二十分鐘內曾判決過七個離婚案件，平均每天處理二十件離婚案件。

婚姻的締結，原意在夫婦間永久的結合，但事實上常因種種關係，使婚姻不能繼續維持而至於解散，於是有離婚現象發生，離婚的結果就是家庭的解體。據一九五二年美國的統計，美國一百對夫婦有二四點八對離婚，亦卽每年有五十萬對夫婦離婚或分居，可見問題的嚴重。

離婚最大的影響是對子女，一方面容易使子女在心理上發生異常的狀態，一方面使兒童不能獲得正常適當的教養。至於夫婦雙方精神上也會發生許多痛苦，有的則不幸更使婦女尤其是有子女者陷於貧窮。

因此我們在此提出解救之道：㊀注意生活方式改變，換言之，就是使家庭生活能順應時代潮流，適合社會環境。一方面在可能範圍之內，維持家庭團結的精神，務使夫婦子女不生厭惡家庭環境之感。㈡法律加以限制，使離異手續困難，或者增加離婚者的負擔，使當事人視離婚爲畏途。㈢用宗教或道德力量加以感化。㈣建立家事法庭，事先爲之調解，以避免離異。

有了安定的家庭，才有穩固的社會，有了安定的家庭，才有健全的兒童。婚姻的美滿與否對家庭幸福極有關係，良好的家庭則是兒女們品德，行爲的養成訓練基地。因此，我們對婚姻的態度和認識實有謹愼的必要。

求職雜感

有一次與同學閒聊，她大嘆求職不易，順便問我在美國求學時他們的社會如何？我說，在他們的社會中，任何人謀職容易，保持職業却不容易，這與我們社會恰恰相反：謀職時千拜萬託，三考四試，成職後無論表現如何，很少會遭到被炒尤魚（解僱）的後果。

由於我還保持著在美國求職時的餘勇，因此乃自告奮勇的代替她接洽找工作機會，第一次我在電話中與某院長洽談該同學想找一個工作，他第一聲就問我：「她父親任職什麼，有背景嗎？」眞是令我大惑不解，自己找工作，與父親何干？因此開始相信國內謀職機會眞是不易。

聽同學轉告她求職的經驗更是令我啼笑皆非，她說有一次用掛號信郵寄自己的學歷，希望無論錄取與否證件退還，可是石沉大海毫無信息（還好她聰明，是副本），另一次在電話中毛遂自薦，想不到對方那位某救濟院主管說：「你眞不好意思吧！」，奇怪，謀職既不是偷也不是搶，有何不好意思？至於有些私人機構對大學女同學之不尊重與另一種想入非非的念頭，更是令求職者如臨深淵。

工業社會應該是一個開放性的人人有工作做的社會，希望我們不要固守於「人情主義」，許多機構任用的人員不合資格，可是非至退休（年老或壽終），年輕人沒有獻身機會，希望我們的社會不要用「青年才俊」的口號迷惑大家，如果我們不能有信任年輕人、任用年輕人的雅量，任何口號都是虛僞的。

許多留學生爲什麼久戀別人國家而不歸？也是因爲在歐美各國謀職容易，不靠任何人事背景和裙帶關係，不必逢迎上司，附合主管，只要找到工作以後都是兢兢業業在工作上勤奮努力，表現自己，只要你有眞才實學就不會遭到淘汰，也容易受到賞識與尊重。

職業婦女應有的態度

職業婦女給人的第一個印象是良好的外表。她的衣着必須整潔、合適和單純。因爲整潔樸素的衣服，既花費不多，又不致使人側目。沒有一位主管願意看見他辦公室的女職員，整天是珠光寶氣和奇裝異服的。在化裝方面應力求大方適度，眉毛無須畫得太濃，眼膏最好也免用，更不宜戴有吊墜的長耳環，或手鐲、項鍊等其他的裝飾品。

在辦公室裏，應該保持一種平和謙虛的態度，與同事交談不可口出怨言，對工作有所抱怨；對於別人偶然做錯了事，不要直接予以指責；不管自己能力如何高強，也應將榮譽與同事分享。在工作時，要保持愉快的精神，不可背地裏批評所服務機關的長短。也許有時你會覺得自己的情感與憤怒難以控制，但是惡語批評對於你的工作的環境並無助益。要養成對各種類型的人都能應付，並找尋他們的優點。對每個同事都友善，要比對別人懷有敵意有益得多。要嚴格地控制自己，少管他人的是非，並避免講單位主管，機關同事的閒話。

要保持自己辦公桌面的整潔，放在抽屜內的文具如鉛筆，紙張等，也必須放置得井井有條，不可零亂無章。在辦公桌上不可放置化粧用具及其他零物如皮帶、別針等。屬於辦公室的文具、紙張不應携回自己家用。在辦公時間切忌用公家的電話打給你的家人和朋友而作無邊的閒談，或寫私人信件，看報閱讀小說，甚至鈎織毛衣。這種行爲對公家損失極大，而爲職業婦女所容易發生的。

在辦公時間內，應保持情緒的寧靜，不應把家中的煩惱帶到辦公室內，卽令是在極困難的環境之中，也不應感情用事，哭哭啼啼。煩惱解決不了問題，徒然傷害精神。你要養成坦然面對困難問題的習慣，你應儘量避免鑄成錯誤，但對過去的錯誤也不必終日掛記在心。

在跟別人交談時，不可以有心不在焉的樣子，在言談時，應常用「請…」「謝謝！」等類詞句，來顯示你的禮貌教養。同時還應保有和藹與親切的態度。與主管談話時，要謙遜有禮，態度應莊重，不可忸怩作態。當你的上司詢及有關你的工作問題時，要簡單明瞭的回答，務使他能一聽就了解。

重視老年福利

我國是講求老人福利的先進國家，遠在四千多年以前，就有養國老於上庠，養庶老於下庠的措施。孔子說：老者安之，少者懷之。可見我國不論上自五帝公侯，下至販夫走卒，都能對年老的人極爲尊重。

然而如今，我國由農業社會轉變爲工業社會，因此，老年生活也發生了問題。由於小家庭是工業社會的產物，以個人主義爲中心，而由夫婦組合而成，再加以城市人口擁擠，房租昂貴，爲子女者雖欲菽水承歡，每限於環境，而心有餘力不足，凡工業愈發達的國家，此種情形極爲顯著。

爲了研究老年問題，已有許多國家，召開全國或國際性的會議。同時，關於老年，在個人與社會調適方面，以及政府與私人機構推行成果方面，予以研究。美國，老人福利實施，除政府所舉辦的社會保險外，更輔以私人企業的養老金制度，老年人有收入的安全，國家經常以各種努力，來推進並發展有利於老年人的法案。

總統在民生主義育樂兩篇補述中，提出「老年退休問題」、「養老制度」使其不至增加子女的負擔，而能在閑靜的日子裏，仍能對家庭，對社會貢獻經驗，提供智慧。憲法第十三章第四節社會安全明定：「人民之老弱殘廢，無力生活者，國家應予以適當之扶助與救濟。」因此，老人之應受適當救助，已非施捨的德政，而是國家的責任。

美國密西根大學布雷克利博士，曾提出：「由於醫學的進步，許多阻碍人類長壽的疾病，已經差不多被除去了，所以有些人推斷在不久將來，我們每個人都有機會享受一百歲以上的高壽。

人類長壽將留給我們新課題，就時代性來說，不久的將來，應該是屬於「老人的世紀」，因爲老人既然由於科學進展而長壽，所以老人對於社會服務也隨之增加，社會也將因此而蒙受更大的利益。

發展牡蠣製罐工業

牡蠣，廣東江浙稱蠔，臺灣稱蚵，味鮮美，價格便宜，擁有廣大的消費者羣。它是貝殼類的軟體動物，介殼成葉狀，原附生於礁石上，殼內的肉柱呈灰白色，形狀很怪，像個肉瘤，初看頗爲怕人。其實牡蠣的營養極爲豐富，含有大量的維他命、荷爾蒙、蛋白質，以及許多人體所不可缺少的錳、鈣、磷、銅、碘及鐵質，有防止貧血之功。

臺灣西南部沿海均有蚵田，以彰化縣境內面積最廣，達二千四百餘公頃，嘉義縣次之，也有二千公頃。每公頃年約產牡蠣一噸。沿海新竹、高雄、臺南等地也有蚵田分布。

目前沿海漁民以養蚵爲生的頗爲衆多，他們沿用傳統方法養蚵，以竹片爲篊，附著蚵殼，插在海濱淺水的蚵田中，此種方法成本甚低。近年省漁業局獎勵漁民採用「垂下式」養蚵，產量可以提高，可是由於漁民生活艱苦，仍習用竹篊，而不願以較高資金改善生產工具。沿海漁村中的婦孺是採集蚵的勞力來源，她們以小刀剝蚵，費時費力，沒有採用機器取代人工。

由於蚵肉罐頭前途遠大，食品工業界應可在沿海地區投資，並以貸款方式鼓勵漁民採用垂下式的養蚵法增產，並利用當地人力發展培養較目前更大更肥的蚵，擴大發展外銷歐美。

僑胞如能在海外市場買到祖國出品的蚵肉罐頭，必定會感到特別高興。其實臺灣牡蠣品質鮮美。決不遜於日本及歐美，相信外國人會喜歡吃的。

歐美人愛好牡蠣，如法國名菜之一的生蠔，就是比本省的蚵大上了好幾倍。因爲歐美一般養蚵人家都等待蚵子長的肥大時再行採集，而本省漁民爲維持日常生計，通常只養到五角硬幣大便趕忙採收。記得有一次筆者在紐西蘭吃到的罐頭蚵肉，每個都有五元硬幣大，煎煮後絲毫沒有縮小的現象。多年來我們的農復會和水產試驗所都在研究推廣養蚵新技術，我們的工商界應可合作投資發展牡蠣製罐工業，以資外銷爭取外滙。

今日經濟第五九期六月十七日

子女需要瞭解同情

所有的父母都希望兒女健康、快樂、安全，然而過份保護，常常使父母的一番好心得不到好報，他們所表示的「愛」意，並不爲兒女們所感激，因爲他們雖有愛心，但是並不瞭解發育成長中兒女所遭遇到的心理問題。

成長中的兒女，對於過份的關切和嘮叨的忠告，常常懷有反感，因爲此時他們一心一意要表現自己已經長大成人，可以自立與照顧自己了，此時他們迫切需要得到父母指導他們以自己的判斷來分別是非善惡。

在處理少年問題時，常聽到少年們抱怨說：「我母親常要替我來過自己的生活，如果可能的話，她恨不得代我呼吸，天上掉幾顆小雨點，她就撐起一把大傘保護我，我眞希望她讓我自己應付生活。」又有的少年抱怨他的父親在很早就限定了他未來的前途。我「一聽到父親談到 未來

『前途』，就十分反感，使我對自己一點信心都沒有了。」

教導少年子女，需要的是瞭解、同情與幫助，而不是無情的批評與挑剔。父母與少年兒女，必須常常保持情感與意見的交流，如此必能安然相處，渡過少年兒女此段企求自主的必然發展階段。

兒童教育準則

俗語謂「扶搖籃的手，就是統御整個世界的手」，這也就是說父母親在孩子身上所施予的教育，對那個孩子，甚至國家、社會都是極重要的始基。兒童受父母的影響薰染最深，所以父母不可不愼於教，父母教育子女最基本的原則是在處理世事時，給予孩子安全感，並且要建立孩子堅毅不拔的信念，因此每個父母必須要了解兒童心理以及子女性向，最好能親自照顧子女，如因工作無法親自照顧，也應在工餘之暇，謝絕不必要的應酬，與子女多親近。

此外，父母教育子女時，除了精神、物質並重，身教、言教並重外，尙應遵循以下幾個原則：

⑴培養兒童手腦並用的能力。

⑵分辨善惡的能力。

(3)教導兒童自立應變的能力。
(4)互助合羣適應環境的能力。
(5)培養兒童愉快進取的精神。

總之，在兒女教育方面，每位父母都應多負一些責任，不可全部仰仗學校，因爲兒童人格形成很早，受父母影響也最大，家庭教育，是訓練兒童生活標準之中心，也是培養其正確人生及倫理觀念之開端。

兒童社會行為的發展

人是社會化的動物，一切生活行爲無不澈底受社會的支配。初生兒童是沒有社會行爲的，他對於他人的反應和對於物理刺激的反應，完全沒有區別，但是由於別人不斷地供給他社會的刺激，尤其是母親周全親密的愛護，使他很快地便開始社會化了。漸長，他的飲食起居，要按着社會習慣的儀式去做；他的舉止行動，要適合社會是非善惡的標準；他待人接物，要有適當的態度習慣，然後才能與他人同處合作，能夠彼此獲得滿足，他的社會生活適當與否，是他性格發展和心理健康的重要關健。

嬰兒在初生一兩個星期時，抱他起來，已經有使他恬靜的效力。滿月以後，母親的聲音可以使他暫時止哭，兩個月以後的嬰兒社會性就很發達了；他能夠轉移他的頭，和你對看，他注意人的聲音，且會移動他的頭向着聲音的來源，最動人的是，他開始會對人笑了。

嬰兒誕生時的啼哭，是嬰兒開始獨立呼吸，肺部初次展開，純粹是生理的反射，其次哭是痛苦的自然表示，並沒有社會的意義；嬰兒饑餓，尿濕，以及有種種不舒服的時候，便放聲啼哭，直至痛苦解除爲止。但由於屢次得到別人照料他的經驗之後，哭便獲得新的涵義了，這時他可以希望人來照應他而哭，這種哭可以說是一種呼救或申訴，有很明顯的社會功用了。

三、四個月的嬰兒，對於母親的態度和對於別人，顯然不同，我們可以說他「認識」母親了，七、八個月，他對於生人就會發生躲避畏縮的反應，第一年的下半，嬰兒和別人的關係，日益積極而密切。他會伸出兩臂，高興地叫喊，來歡迎母親，他喜歡和別人作種種簡單的遊戲，例如他會矇住眼睛假裝躲藏起來，他會用聲音或動作來刺激別人，引人注意理會他，把兩個嬰兒放在一起，他們會互相接觸，搶奪或讓與玩具，他不但感受別人的影響而且要影響別人。

一歲至三歲爲模仿的社會化時期，在這時期中，幼兒和別人的關係，日益繁複而深切。他學會了語言，便把握住了社交上的利器，他富於模仿性和接受暗示性，此時可教他接納別人無形的示範和有意的指導，努力學習一切。他的日常生活、飲食、睡眠、排洩等，在這時期他均學會了按照社會習慣的方式去做，摹擬成人種種活動，三歲的幼兒，已經是個徹底受同化的「人」了。

三歲至六歲的兒童，此時兒童不僅接受他人的影響，在行爲上和意識中，「自我」開始呈露了，他明白的認識了人己的區別，有了「自我」的感覺。他有自己的意志，明顯地要這樣，不要那樣，因此常常和成人或其他兒童發生了爭執，不像以前那樣柔順了，他喜歡誇揚自己，貶抑別人，他喜歡試驗和顯示自己的能力與許多事情，如洗臉、穿衣、吃飯等，都喜歡自已去做。他的思想也是「自我中心」的，凡事總是以自己爲出發點，這種態度，雖然好像自大自私，但事實上並沒有道德上的意義，一個人要成爲一個獨立自主的個體，在人羣佔一份子地位，不能不經過這一步的發展。

愛與榜樣

德國大教育家福祿貝爾說：『教育者無他，唯愛與榜樣而已。』教育孩子應施以愛教，誰都知道人類沒有愛將會成爲怎麼樣無情的世界。愛是人類進步的原動力，當然更是教育的原動力。據統計臺灣各少年輔育院先後收容二七五七名（民國四十五到五十一年統計）犯罪少年，從個案發現百分之八十以上的少年，沒有沐浴過眞誠純潔的愛。

(1) 讀過愛彌兒和亞米契斯著的「愛的教育」，父母知道眞正的愛是什麼，愛是出乎心靈的至誠流露，它不是慫恿而是鼓勵，不是溺愛而是眞愛，不是爲現在而是爲將來，不是暫時的而是永恆的，因此我們疼愛和教育孩子，應該注意於愛的時間、愛的程度和愛的方式。

有教育經驗的父母都明瞭，所謂感化教育，就是愛的教育。正當教育上，愛的方式都是很理智的，熱愛中有冷靜並隨時帶着啓發性的。天下的父母沒有不愛自己子女的，爲什麼天下所有接受了愛的孩子却未必個個成器呢？因爲施愛並不是件容易的事，施愛需要適當的方式、時間和程度。例如孩子在平地上跌倒哭了，母親看到心疼，趕快拉他起來，其實這時疼愛是不對的；正當的態度是讓他自己爬起來，同時鼓勵他不要怕。因爲父母不能跟孩子一輩子，必須培養他自立的能力，孩子對愛，常要求無已，所以父母疼愛時應有分寸，過分盲愛，等於浪費了愛，助長了孩子的壞處，結果倒害了他們。

⑵孩子們有權利來要求父母聆聽他們的願望；但是我們可以毫無獨裁意味，而表示權威性的意見。在一個美滿的家庭中，父母並不是爲他們的子女而生活，父母是跟着孩子們共同生活快樂地相互依賴。本來大人是不容易被兒童的感情所同化的，但兒童却時時刻刻要求父母的一體感，我們有時要帶着孩子去散步、玩球……，他們將會爲爬山時媽媽摘給他的一朶小花而喜出望外，爲爸爸帶着他爬行時的那段時間，留下溫暖難忘的印象。

父母眞正愛子女，絕不肯把子女委之於他人，這個不肯放棄敎管兒童的責任便是愛的表示。孩子的感覺最公正靈敏，兒童自幼接受了眞正的愛，雖然不懂直接報答，然而他却因此能在他人身上去實施，未曾嘗過眞正父母愛的人，不會懂得愛的眞義。

⑶父母應培養他們眞、善、美的情操，以尊貴的心地去建立人生的基礎，無論稱讚他們、責罵他們，都要出於愛的本能。愛像優美的花瓣徐徐飄落在孩子的心田，像天上閃耀的星光，照射

在他們純潔無邪的心上。父母要是能適時以「好孩子」來鼓勵他們，他們將會爲未來成功的可能性，感到高興與幸福，自然在其人格發展上，向着美善的前途奔去了！

我看兒童文學

一個人生活得有意義跟快樂，全靠「欣賞的能力」。有欣賞能力的人，看見了一朵美麗的花，就能經過欣賞而感到生活的快樂。兒童文學是啓發兒童的最好的教育方法。兒童從文學讀物中獲得了做人處事的方法，以及自然界的知識。在成長中的兒童，經驗漸漸擴大，就能對生活發生興趣，提高生活力。

兒童都喜愛幻想，幻想是創造的泉源，有幻想才能發展心智。但是幻想要有指導，否則幻想會變成想入非非不着邊際的白日夢。在一般童話中，貓或狗都會說話，但是到了適當的時機，要指導兒童知道貓狗都不是眞的會說話。文學要着重眞理，今後的兒童文學應該是有指導的幻想，應該是能培養兒童良好創造力與生活理想的讀物。

其次，兒童文學必須能培養兒童忠實、勇敢、善良的優良品格，樹立兒童道德標準。例如勇敢的故事，常會激發兒童勇敢的情緒。讀物裏的好人與壞人，到後來的結果最易給兒童有力的暗示。好人必須得到好報，壞人必須得到懲罰，這樣將好壞、是非，交代明白，才能在潛移默化中，樹立兒童良好的道德標準。

兒童讀物的內容需要與兒童發展及環境相配合。例如幼兒，需要與他們親身的生活經驗有關。先從爸爸、媽媽開始，漸漸擴大到隣居；由狗、貓到自然界的鳥、獸、花、草，而及於大社會裏的菜場、動物園、郵差，更深入到做人、做事的道理，以及是非善惡的區分，都要適當的加以配合。此外，我們可以從童話、寓言、神話、歷史、傳說裏面去選擇適合兒童的。例如西遊記、七俠五義、水滸傳、三國誌，以及有關孝悌忠義的故事，都可以選其合於兒童的部分，加以改寫，編成兒童文學讀物，使兒童認識和體會我國自己的文化特質。這實在是最佳的教育。

托兒所和兒童福利

「慈幼」是我國固有美德，三千多年前周代六大「保息」政策，慈幼就列爲最主要的政事。禮運大同篇：「使幼有所長」，以及孟子所說的「幼吾幼以及人之幼」，都屬於兒童福利事業。

民國以後，政府也很重視兒童福利。民國六年，首先成立北平「慈幼局」。民國十二年在北平私立燕京大學社會系，設置兒童福利課程。民國二十年國民政府訂定四月四日爲兒童節來喚起國人對兒童的重視。三十三年社會部擬定「兒童保育政策」，三十五年社會部成立南京福利實驗區，作爲兒童福利推廣示範工作，並廣設兒童福利站及托兒所。

我國目前由農業社會轉變而爲工業社會型態，一般家庭多是小家庭，而且婦女也多外出就業，因此幼兒必須離開家庭寄托在托兒所內。今天打開報紙來看，有很多托兒所的廣告，但是其設備合標準以及教養方法方面合格的實在不多。因爲有些人認爲辦托兒所可以賺錢，不需要甚麼資金，就可以開張大吉。因此，我們可以發現有很多托兒所以及幼稚園從不向有關機關登記，政府對他們辦托兒所的動機以及設備方面也就無從查起。

據目前的托兒實施情形來看，合格的托兒所頗感不足。內政部曾作統計，目前本省嬰兒約計有兩百六十多萬人。長久性托兒設施，包括一般的和農村托兒所，收托僅五萬九千餘人，顯然不敷目前由農業進入工業社會過程中，日益迫切的托兒需要。同時目前托兒設施一直沒有訂定標準，托兒設置無所依據，也沒有訂定師資及保育人員檢定辦法，薪資標準及保育人員訓練準則。因此一般托兒所教師和保育人員多缺乏正規師範教育。托兒所是家庭教育，幼兒教育和衛生教育的綜合體，教師與保育人員應該具備社會工作和幼稚教育的知識，並接受過正規師範教育。但是格於規定，教育部到現在還沒在師專設置托兒所，也沒允許保送托兒所工作人員進入師專幼師科就讀。

筆者曾就業務所需，經常視察北市近郊各托兒所，發現在全日托的托兒所中，食物營養方面，以及衛生方面很多都不合標準。同時寢室空間小，幾十個幼兒睡在一室，空氣極為汚濁。一般家長由於本身工作繁忙，多不注意這種情形，每天清晨將幼兒往托兒所一放，對於有關幼兒本身福利問題，就無暇過問了，而所方也多以收費不夠來搪塞巡視人員。這種托兒所的缺點是忽視兒童的利益，不能配合兒童發展的需要，而且缺乏科學方法。這些還是登記的托兒所，至於其他沒登記的托兒所，情形更不堪設想。

立法是一切措施的依據，我國到目前還沒有有系統的兒童少年福利法，實在是一大缺憾。目前內政部研擬中的主要兒童少年福利法規有：兒童福利法，父母親責任法，少年保護法和優生保健法等，都還沒有完成立法手續。民國三十八年， 蔣總統手著「民生主義育樂兩篇補述」中曾特別指示，托兒所的設施應以低廉費用及熱心服務，來爲職業婦女托管兒童，保育其身心健康。政府應視保護兒童爲立國的根本大計，確認兒童爲民族幼苗，國家未來的主人翁，以奠定民族復興的根基。

重視胎教

講到兒童教育，從孩子在母腹內就應該開始。我國過去講究胎教，就是當一位母親在懷孕期內，她的言語行動，飲食起居，都應特別注意；如醜惡的東西不可看，粗暴的語言不可說，某種場合不能去等，有些固然是迷信，但却也頗有道理。

根據現代心理學家的研究，母親在懷孕期內的情緒和生活環境，對將來嬰兒的生長發育和性格的形成都是很有關係的。據云如果懷孕母親太累了，或生活環境太雜亂了，生下的孩子就不能充份接受食物，並且性情急躁，神經質，愛哭，如果母親飲食不正常或有偏食的習慣，孩子生理上的發育也就會不健全。

母愛的力量最大，也最溫暖，可以溶化一切，但如行使不佳，惡果也很大。故古人談母教，首先講胎教。戒子通錄中說：「古者婦人妊子，寢不側坐不邊，立不蹕，不食邪味，割不正不食，席不正不坐，目不視於邪色，耳不聽淫聲，夜則令瞽誦詞，道正事，如此，則生子形容端正，才德必過人矣。故妊子之時必愼所感，感於善則善，感於惡則惡；人生而肖物者，皆其母感於物，故形者肖之。」

胎教之道，古時書之玉板，藏之金匱，置之宗廟，以爲後世戒。青史氏之記曰：「古者胎教，王后腹之七月，而就宴室，太師恃銅而御戶左，太宰恃井而御戶右，比及三月者，王后所求聲者非禮樂，則太師溫瑟而稱不習……。」

由此可知我國古時對孩童教育之重視，當母親懷孕時卽開始注意孩童之教育。

西洋各國對胎教也極爲注意與提倡。如公元一七四〇年出生的米契爾・阿爾貝特著名的幼稚園創始者，以及德人福祿貝爾，法國人杜魯雷都極力提倡生前教育。

從形式上來說，孩子直接受教育好像要在他們到這個世界有了存在之後，其實這個見解並不算對。我們拿初生的孩子來看，不僅從出生第一天開始就有受教育影響上，一切吃力勉強的擧動，都會直接影響胎兒的健康。如重工作，缺乏營養，烟酒中毒，生氣刺激，都可促成死亡，胎死，或使胎兒遺傳和發展上發生阻礙。

尙有一胎教原則卽「生活和諧」，一切不幸情形的發展是來自生活不和諧。生活和諧的好處，可以使胎兒發展正常平均。和諧的意思是不偏不倚，務求其中，既不必過喜，也免於過度興奮，反使胎兒激動。也不要任性大怒，以免血液循環失規，使胎兒有流產的危險。懷孕的母親卽使遇到令人生氣的事，但爲了孩子實應忍住，想開而不發作。孕婦精神愉快，胎兒發展始可正常，如果孕婦生大氣，胎兒卽會流產，故朱子說：「姙娠之時，當愼所感，感於善則善，感於惡則惡。」

從生理上說，大家都曉得胎兒與母體息息相關，母親所攝取的養料，旣供給自己底需要，又須供給胎兒的生長，人生的關係，再沒有像這個期間母子關係更爲密切了。所以此時母親身體有承受外界影響的可能性。小孩子底五官在母親肚子裏已經有了感覺的作用。

一位住在德國萊茵河畔的青年女子，婚後勢必去柏林，當她懷孕後尤其想家，之後生下來的孩子，常有種莫名其妙如有所念的感覺，常想念她母親的家鄉。

又如某位太太懷孕時特別喜歡吃櫻桃，她看到櫻桃樹上的果子，非常口饞，但是因爲身體笨重，總是摘不到手，及至孩子生下長大後也最喜歡吃櫻桃。

在各國類似此種故事很多，但這種情形並非證明應當證明的事實。我們所主張的胎教旣不贊同神秘，也不贊成機械，我們應從純生理上去發展。

兒童竊盜行為剖析

竊盜行爲，可以說是問題兒童的開始，我們要解決兒童不良問題對於這方面，似應特別注意，兒童竊盜行爲，雖大多還是幼稚的，但不可忽視其行爲發展的階段性，吾等應瞭解其原因，動機，愼重處理。

竊盜是不經所有人許可，自行拿取他人財物的幼稚行爲。在兒童時期，人，我是非的觀念，尚未建立，對主權觀念不甚淸楚，於不注意家庭教育的環境中，很容易犯上這種錯誤行爲。甚至有的家庭常以自己的子女能夠竊取別人的東西而沾沾自喜，他的竊盜行爲，是基於要被父母兄長賞識的願望。

精神薄弱的兒童，不僅智能甚低，道德感情也很幼稚，竊盜是一種幼稚行爲，因此他們很容易觸犯；另一部份兒童智能雖不低，而且有的很高，自我觀念很強，但是缺乏自制力，而且感情容易激動，因此他們遇到刺激不能抑壓而衝動，可是為了維持其自尊心，便企圖向別人不知道的途徑去發洩，當然最簡單，容易的途徑，便是竊盜。

沒有人會否認貧窮容易導致犯罪的事實，奢侈和財富常會引起沒有機會享受舒適生活的兒童妬忌和羨慕，同時由於貧窮，而剝奪了孩子享受更高深教育及職業的機會，而迫使兒童面對成人世界的現實，無疑的，此種情況為引起兒童及青少年犯罪主因之一，如小偷、竊盜、強盜等，因為，對於不能適應貧窮的孩童來說，偷盜是最方便的捷徑。

同時貧窮的家庭中，父母常未受過教育，或教育程度很低，對於子女們，不知施以適當家教，或因為生活奔波，沒有管教的時間，這種家庭的孩子，在偶然的場合中，一遇到社會的誘惑，往往自甘墮落，流落為竊盜犯。

但值得我們注意的一點是，現代竊盜不僅僅是貧窮的人，而且有中等階級，甚至有些富有家庭的青年亦有偷竊行為，此種偷竊行為醫學家解釋認為應屬遺傳，性格異常所致，而被稱為「竊盜狂」。「竊盜狂」，我國古諺有「富者多賴」常指一部份飽食終日無所用心之徒，這些人游手好閒慣了，很容易步入竊盜的歧途。

美國某輔育院一少年犯罪者在其成人時回憶說：「我決定要去偷盜，即去偷竊，不是因為缺乏或貧窮，而是要蔑視法律和充滿我犯罪的膽識，我所偷的東西，我家中早有了許多，而且是更好的，我不是想要那些偷來的東西，而是喜歡做偷竊的實際行動。」

臺北兒童心理衞生中心曾作詳細研究有關竊盜症之報告討論，他們研究一般兒童心理因素後發現可分爲下列幾種：㈠反抗心理之表現。㈡爲喚起父母注意之一種表現。㈢保持自尊心之表現。㈣爲滿足所有慾者。㈤智能發育障礙所恃者。

由上述我們可以發現共同之現象，卽這些不同之心理因素都是因爲他性格發展途中所發生之心理困難所致，卽意欲未能滿足，及環境未能善導他或解決其矛盾與不滿時，他就採取這些病態行動來表現，滿足其意欲，卽性格與環境因素合起來始可發生此問題。有的則是性格因素較嚴重，從小之性格發展早就有問題，而未能爲父母發覺協助他調和適應環境，這些兒童不但有竊盜行爲，其他還有咬指甲、說謊、逃學、不順從等之現象。

竊盜行爲的兒童中，有上述行爲的比較多，性格發展中最重要的因素卽是母子關係，若母親不能給予孩子適當的愛，因種種原因拒絕孩子接近，孩子就覺不安，爲要求得安全感，取得父母之愛情，常使孩子利用此表現。

故治療竊盜兒童時，除致力於環境之改良外，並應對父母勸告，使其增加對兒童之愛情，及改善指導與教養之方法，此外對兒童應施以心理治療以期性格之改變，這些皆深須父母教育，有愛心、耐性與合作始能圓滿完成。

父教

我國古時兒童，由出生以至幼兒，旣有胎教與母教，迨脫離母親懷抱以後，便嚴厲執行父教，所謂「養不教，父之過。」父親所負責任，極爲重大，教字右從文，左從孝者，卽父教子以孝，父所爲，乃教之所由生也，故古時父卽兼師，直接負教子之責，較君師，官師之間接教民更爲重要。父教子，必使之參與其事，效其所爲，而將其生活經驗，由上代傳至下代，「父子世以相教」不僅耕讀傳家，而士之子恆爲士，工之子恆爲工，一切農、工、商，莫不世世相傳，父教之影響極大。

左傳隱三年石碏曰：「臣聞愛子，教之以義方弗納於邪。驕奢淫佚，所自邪也，四者之來，寵祿過也。………夫寵而不驕，驕而能降，降而不憾，憾而能珍者鮮矣。未賤妨貴，少陵長，遠問親，新問舊，小加大，淫破義，所謂六逆也。君義，臣行，父慈，子孝，兄友，弟恭所謂六順也。去順效逆，所以速禍也。君人者，將禍是務去而速之，無不可乎？」可見君父教子，應何等注意。

美社會學家費列甫・魏萊（Pliip Wyli）說：「我們乾脆承認，美國快要變成一個沒有父親的國家了，父親亟亟於事業上的進展，簡直沒有時間用在他們的兒女身上。固然，偶爾你還可以找出幾個眞正的父親來，可是以絕對大多數而言，美國人沒有當父親的資格，這是無可否認的事實。」

父親是小孩子對於作人的觀念最眞切的榜樣，一個女孩子可以從她父親身上領悟出一般男人都作些什麼，贊成什麼，反對什麼，和相信什麼，父親的榜樣可以使她採決對於一切男人的態度。同樣的，一個男孩子從搖籃中的時候起，就會從他父親處學習點點滴滴，耳濡目染，以便後來成爲他心目中所要變成的人物。如果沒有父親，他（她）這個幼小的心靈便無所寄托，沒有榜樣可以依效，沒有對象可以施展他內心的反應。沒有父親的接觸，可以使孩子內心成爲一片荒涼枯燥的沙漠，使他（她）感到渺渺茫茫無所適從的愁悶，漸漸在孩子幼子的心靈中會產生一種寂寞的感覺，只是因爲父親太忙，或太疲乏無暇作子女的伴侶，將會使子女感到孤單而若有所失的心情。

把兒女置之度外不聞不問，眞是勢不得已嗎？一個工作勤苦的父親，當眞無暇照顧他的兒女？我們且作如此計算；每星期有一百六十八小時，平常我們只作四十小時的工作，若上下班及加班工作等算十五小時，睡眠每晚八小時，計五十六小時，總共算起來才有一百一十一小時，尚餘五十七小時，可以隨便飲食，休息，和作別的事情，難道在這五十七小時中，果眞找不出一點作父親的時間了嗎？可是一般人並不如此做，父親在他自己的家裏，像位客人一般，對他的兒女是個陌生人，他的家人就等於他皮包裏的一套像片，他成日爲這套照片而努力工作，可是並不眞正的跟子女們親切的一同生活。

作父親的不但要有慈愛，正直，勇敢，學識等這些德性，處世不但要有適得其宜的信賴和懷疑的態度，並且要跟他的兒女共同體驗這些生活經驗。這對於孩子的一生成敗非同小可。若是做父親的常不在家，不論是身體，心情或者精神上不在家，顯然他不是一個眞正的父親。

現在的父親大多數離開家庭而爲事業奔波，他很少會逗留在家庭中陪伴子女，除非他能明瞭他最寶貴，最可自豪的事業就是作父親，其次才是做一個最出名的政治家，實業家或任何其他專家。

如何告訴子女性與愛？

性和愛二者之間有很大的差異。性屬於生理學，愛則是人性的一面，我們的社會常對性執著入迷，而對愛則推諉忸怩。

嬰兒在母親的懷抱中，已經從母親手指的輕撫、身體的溫暖和聲音的抑揚中，逐漸地「領會」愛。嬰兒又領會到感官刺激的快樂，擧凡聲音、氣味、擁抱所產生的快樂，而從這些領會中，一個人漸漸養成親切、熱情、愛及性的能力。

凡是人皆有愛的情緒，愛是眞、善、美的表現。在一個充滿愛的家庭氣氛中，父母雖不和子女談性的問題，但是在潛移默化中，却能使孩子領會到愛的情緒和愛的眞善美。父母一旦使子女明白這一點之後——不論是直接的言敎，或是間接的身敎，然後才能中肯地談到責任問題。一個人當如何以明智而負責任的態度去發揮愛的天賦。

關於如何教導年青子女愛人的責任，雖沒有成規可循，但我們可以感覺到，今日須要對女孩子說的話，多於需要對男孩子說的。在古時宗法制度下，性行爲是丈夫的權利，妻子的義務，由於這種觀念，今天因而造成許多自私和不忠實的婚姻。我們必須正告自己的子女，尤其是男孩子，放縱性慾不但在女孩子方面是一種敗德行爲，在男孩子方面也同樣是一種敗德行爲，沒有愛心的性行爲，並不能使少男少女轉變爲成人，也永遠不會知道一個成人成熟的愛所含有的光輝意義。

小學六年級的兒童，應該教導他們一些關於人類生殖的知識。十二歲至十六歲的少年，除了生育的知識以外，父母應該告訴他們性和愛的意義。子女在每一個階段的疑惑、衝動，爲父母的應該瞭解，同時應該給予指導，使他們的行爲能夠爲社會所容。

教導兒童體諒別人

人性是自私的，這一點以幼小的兒童爲最。例如：他們要是得不到某種要求時，往往發憤、破壞，以及藉啼哭來達到他的目的，絲毫不考慮別人的處境及想法。兒童在幼稚園階段已經奠定了他某種人格的始基。因此，我們爲人父母者，必須利用人類這段最初階段教導他們如何體諒別人；否則待他日後長大成人以後，如果只是一味按照自己的心意不考慮別的感覺，輕者在個人婚姻上難以和諧，重則影響一個人的事業。因之，我們不可以錯過此段可造時期。

幼子龍兒由於我夫婦以及外公、外婆的寵愛。因此，常會對父母任性以及撒嬌，小的時候由於他尙不懂事理，我未加理會，如今他已經五歲了，所以我認爲必須矯正他了；經過我幾次對他的訓言及解釋，每當我下課和下班回來，他會很乖巧的問我：「媽媽，妳累嗎？渴不渴？」有時他還會爬上高桌爲我倒杯冷開水，由於這一點使我深知幼兒我們不可小視他們，無論任何小節上面，我們要告訴他們做人的道理，體諒別人是一種美德，一個人如能時時以別人爲念，必定不會是個暴戾與貪慾的人。

歐美各國，尤其是英國，對兒童禮貌，從小就特別注重，例如「謝謝」以及「請」總是常掛嘴邊，經過別人面前絕不高聲嘩叫以及各種餐桌禮貌等等，我認爲目前國內無論大、中、小學，都是重視知識的傳授而缺乏禮貌的生活訓練。因此， 總統在「生活須知」中一再告誡我們生活應對的禮貌，一個知禮而體諒別人的人，必定受到別人的歡迎，是人與人之間的潤滑劑，「人情練達皆學問」，父母們！讓我們及早訓練兒童成爲一個知禮而體諒別人的好孩子！

民國六十一年五月原載中央副刊

你的孩子智力正常嗎？

每一個兒童都在不斷地生長，如果我們觀察某一年齡層的兒童，可以發現他們無論在身體構造、學習能力及一般行爲各方面的發展，應該能達到某些範圍之內，例如五六歲的兒童，其身高大都爲一百公分左右，體重在十七、八公斤左右，他們能夠自己穿衣服，能夠離開父母，與其他小朋友相處。但我們知道，有些小孩可能由於先天或後天因素作用，以致使兒童發展在某方面有超越或未能達到一定標準範圍，例如有些小孩在嬰兒時期患腦膜炎而損傷了大腦皮質，因此智能發展緩慢。

我們處在這科學昌明、社會進步的二十世紀裏，爲父母者都有「望子成龍」之心，可是我們社會的傳統觀念對於所謂：「面子問題」猶如財產一般地重視，爲了保持家庭優越的面子，父母切望孩子們都能個個成器，遇見子弟的學行低劣或性情孤僻而焦急心憂。據調查統計，臺北市國校兒童每一百個中，差不多有十個是智能不足而不能順利接受與其他兒童一般智力的功課。

如果妳能仔細觀察自己兒童，當可發現三歲的小孩，他們大部份都能坐三輪脚踏車，可模倣人家畫圈圈，開始使用文字。五歲的小孩則能畫有耳朶和眼睛的人，可以做五以下數目的加減，能認識四種顏色等。但有的兒童也許年齡雖已十歲，但他的智能程度可能只有六歲小孩的程度，這樣的兒童常稱爲智能不足兒童。

小孩子在家庭中有正常的發展，必有其適當之條件，他的智能及身體已否充份的發展，得視其發展過程的環境裏有沒有得到周圍人們適當的「保護」，因爲智能不足的兒童，不管其先天帶來的、或後天疾病影響，如沒有得到應受之保護時，不僅其潛能受情緒因素壓住無法表現，在性格上，行爲上，更會產生偏異的傾向。

不分上智下愚，人的基本冀求是被家庭的人們了解與愛護，被讚譽而求得安全感是相同的，不幸大部份智能不足的兒童，在家庭中因所表現的一切很特殊，使父母對內對外覺得苦惱萬分，於是有的父母對兒童極其愛憐，愈發喪失其自信心，畏縮、膽小且不能獨立，有的父母對兒童表示失望，因此兒童的自卑感，甚至攻擊性，敵視等壞行爲源源產生。

對一個智能不足兒童的輔育教導，只靠學校單方面的努力是不夠的，如果要使智能不足的兒童感到他也是與正常兒童一樣被人們所接受，一樣是屬於家庭社會的一份子，也一樣能接受相當於自已能力的教育，使他有成功滿足的機會，而獲致充滿愉快自信的人生。故對智能不足兒童的教育，除了替兒童佈置適當地生活學習外，更應配合家庭的溫暖和愛護。

民國五十七年一月二十四日聯合報副刊

培養孩子們的創造力

教養孩子不是一件容易的事，因爲一個兒童，他需要父母給他服務的時間，遠比管理日常家務的時間更要多，他需要的不只是餵食、冷暖的注意，更需要父母隨時的保護。我們教養一個孩子，不要以爲只盡了物質的供給就夠了，對於他性格的啓發、培養也應該加以注意。

孩子的智能必須在高度成長時期加以訓練，否則難以發展，在幼兒時期，不僅需要母親陪伴，有時候更應給與適當的玩具，因爲孩子可以從中培養集中思考的能力。許多遊戲，在成人眼裏看來也許毫無意義的，可是在兒童本身，却是一個重大的創造，他們豐富的想像力、奇妙的思考力，常伴著遊戲的活動，於不知不覺中顯露出來。

父母應該自幼就培養兒童的創造活動，孩子的智能，也是必須在不斷的觀察與輔導下才會逐漸進步的。誰都知道飛機的發明，在人類向天空發展的最初動機，還是從摹倣飛鳥而得來。培養兒童的思考創造力，不是今天注意，明天就會有成的事，縱然是些微的進步，在長期的過程中便會形成不可忽視的力量也許未來許多偉大的創造，也都是建築在父母耐心培養的細微基礎上呢！

民國五十九年十一月十日原載聯合報

鼓勵幼童學習描紅書法

根據兒童心理學家的理論，幼兒在五歲以前，由於手部肌肉尚未十分發達，因此不宜讓他們學習寫字，在歐美各國，學前教育完全是「玩」的教育，他們從不接觸讀本和筆墨，唯一的是畫筆和指畫，但是，我國在幼稚園中班幼兒就已有寫字課程，不但每天寫字很多，而且是十分艱難的國字，例如鷄、鴨、鵝等，我不知老師是用何種方法教導兒童的寫字方法，因爲我國字一筆一劃都需十分熟悉，兒童肌肉必須能完全控制，才能下筆。如果要鼓勵兒童寫字，我認爲我們中國字，不僅是一種符號，而且是一種藝術，因此我們應該先從描紅本學起，父母可以從旁教導，一筆一劃的讓他們慢慢的描劃，我國方塊字可以和繪畫併列，可以懸之於壁而美化居室，試問世界上有那一個國家的文字可以和畫併列而被稱爲藝術？

幼兒學習描紅，不但可以修心養性，而且可以奠定寫字的基礎，何況書法本是我國的國粹，要發揚光大我中華文化，首先要把我國的優美文字傳播於全世界，日本現在積極鼓勵學童學習書法，可是我國一般家庭反而忽視了，禮失而求於野，是一件多麼可惜的事！

重視孩子的問題

兒童的世界愈來愈廣濶，除了視、聽、嗅、觸的對象而外，很多事情都喜發問，兒童的問題有時非常可笑，給家庭帶來使人感到愉快的氣氛。

父母應該隨時準備好怎樣回答兒童的發問，這是做父母義務的一種，通常兒童對生死與性的問題，感到興趣與發問，回答兒童問：「人從什麼地方來？」的問題比較容易，只說從父母身體來的，回答他問：「人死了怎麼樣？」的問題比較困難，如果隨便回答孩子「人死像睡覺一樣」，反而令他感到一連串的疑團，而認爲人睡醒了在地下不能出來多麼難受，如果父母想不出適當的回答時，可告訴他那個人是到遙遠的地方去找他的父母或親人了，這種解釋可能不致使他幼小心靈受到刺激。

有時兒童會問：「爲什麼男孩與女孩的生理不同？」父母應正面回答他們：「這是天生的。」

很多機會都使兒童對生殖感到興趣，他看到自己家裏媽媽生了小妹妹，朋友家生了小嬰兒，或大狗生小狗等，都將會引起他們對生殖的討論，關於此類問題，父母應該替他建立一個正確觀念，很坦白的對他回答，如果他從父母處遭受拒絕與責備而得不到滿意答案時，他常會去問其他缺乏常識的同伴，反而更好奇與得到許多錯誤荒謬的思想。

兒童對自己的身體原本是毫無意識的，如果他觸摸生殖器，沒有遭到父母責備；他問嬰兒從那兒來的，也沒受到父母責罵，他可能就對生殖不會感到興趣。兒童觸摸他的生殖器是像吸吮手指一樣，對生活不能滿足或感到寂寞孤單的表現，同時也是對自己的身體感覺有趣，他向媽媽提出生理方面的問題，媽媽應輕鬆的回答，不必加強嚴重成份，父母應對兒童說明身體構造是自然現象，並不秘密與奧妙，並應告訴他身體是屬於私人的事，只有在家裏討論。

愈是聰明的孩子，愈是愛發問，如果父母覺得很難回答或延遲了回答，他便認爲是禁止談論的事情，反增加了他的好奇心，而愈是渴望想知道，所以大人應該斟酌情形，按照兒童智力年齡而做到有問必答的地步。

管教兒童配合發展

兒童的管教，就像其他的藝術一樣，很難十全十美，父母常爲應該採取什麼方法管教兒童而困擾，其實最基本的教育原則是視孩子年齡的需要而施教，盡己所能，使孩子能有美滿的人生。做父母的不要對孩子期望過高，否則達不到你所定的目標，則一定會令你失望，孩子也感覺壓力過高。

父母在兒童管教上，最應注意的是兒童的年齡，人生並不像梯階般整齊劃一，通常在孩子生命開始的前四年，他需要少量的管教和多量的照顧，此時兒童對是非觀念模糊，心中常有不安全的感覺，因此父母需供給他們大量的愛與照顧，必要時給予少量的縱容。

接着是從幼稚園階段進入小學時的兒童期，孩子在此階段發現他自己是這個世界的一份子，他有朋友、有學校，他的眼界開濶了，此時期他們應該可以忍受嚴厲的管教，做父母的可以乘此解釋教導他們做人的道理，孩子此時崇拜父母也最聽父母的話，嚴厲管教他，他會覺得父母愛他，太多的自由，反而讓他誤認父母漠視他。

青春期的兒童最難管教，父母不僅堅守管教的原則，而且還要允許他們有傾訴苦悶的機會。在這段人生，不論男孩或女孩，都需要大量的精神支援，太嚴厲或過份斥責，反而增加兒童的反抗性，加重孩子的孤僻和懷疑性格。

總之，良好的父母，應該儘力幫助孩子，解決他們的難題，而不是過份的重視父母的權威。這樣，孩子也必會由衷地感激父母和熱愛父母，要知道父母是孩子的榜樣，他們也是父母的縮影，惟有遵循兒童發展的原則，施以正當的管教，孩子才能獲得日後美滿的人生。

民國六十三年二月六日原載聯合報

電視對孩子的影響

電視在我國創辦至今不過四五年的歷史，但講到美國，近十年來，電視已使兒童與青年的生活起了極大的轉變。因此電視在我國雖屬開辦不久，但應未雨綢繆，防患於未然。

在電視開始興起時，一般人們對它寄以大的期望，同時也有人對它懷着萬分的憂慮。樂觀的人認爲電視可以教給兒童極廣泛的知識，給予他們學習科學與了解世界各地風土人情的機會；同時以它特具的吸引力，和豐富趣味的教育方式，使兒童在學習中不會感到枯燥乏味。

另一部分人則擔憂多看電視是否會影響兒童的視力？是否會減少兒童及青少年有益身心的體能遊戲？是否會妨礙兒童作業時間？同時還有最嚴重的一點，螢光幕上所揭露社會醜惡粗暴的一面，是否會影響兒童心理，而無形中引誘青少年犯罪？

今日美國百分之九十八的家庭都位於電視播送網的範圍內，在四千四百五十萬家庭中有二千九百三十萬戶以上家庭都裝有電視機，而每家每日耗費於電視機上的時間，平均為五小時零五分鐘。

在美國，五歲的孩子平均每天看兩個鐘頭電視，十三四歲小孩要看三個鐘頭。英、日國家的比率則較低。據數年前英人納氏調查，英國十歲兒童每天約看兩小時電視。

電視足以影響少年事例，據研究後得到以下結論：㈠根據兒童精神學家的意見，多數青年孩童有崇拜英雄的心理，若青年兒童不幸模擬壞人時，則電視上的攻擊殘暴行為恰好作為他們效法的典範。㈡多數父母鼓勵他的子女將時間耗費於電視上，藉以推卸親自監督子女的責任。㈢雙親對孩童的親切愛護足以自幼養成孩童對社會之態度，若以機械來代替雙親們的愛護，則會養成他們對父母疏遠，情感日漸冷淡，等到孩童進入少年時代，則會產生反社會行為。

少年人的頭腦恰如海綿一樣，具有高度吸收能力，那些反覆出現及能夠激起少年們幼稚想像力的論題，最易於盤旋於他們腦海中，那些讚揚暴力的節目，使少年們獲得了一項啓示，那就是在某種情形下，可利用取巧或暴行的犯罪以償宿願。青少年們所選看的節目大都偏重娛樂而極少教育性。美國國家廣播公司聲稱，青年最愛看的是西部武打，犯罪劇及家庭劇。大多數兒童喜歡收看專供成人看的節目。據調查百分之四十的一年級學生對成人節目有興趣，而五分之四的六年級學生全看成人節目。兒童也像大人一樣，他們看電視主要目的是在娛樂。教育節目誠然有益，可是只要有機會，多數兒童會選看較輕鬆的娛樂電視節目。

電視多半是成年人社會的娛樂，適合供給兒童的只有少部分。在我國雖是初創階段，但是在今日美國其影響公衆意見的巨大能力，已成爲積重難返的事實。我們要提醒家庭中父母多關心電視，考慮電視教育的眞正價值。父母應經常衡量節目的水準，正如父母致力於別的影響兒童身心健康與安全的環境一樣，俾使電視能成爲家庭娛樂休閒中有益於兒童的裝置。家長們更應向有關單位提出建議，要求電臺將節目改善爲高尙有益的教育節目。總之，由於父母高度警覺，將可減少電視對少年兒童之不良影響。

懲罰與獎勵

—兒童教育重要一課

蘇格蘭有句格言：「沒了過錯，便沒了生命」。世界上沒有不犯錯的孩子，一位瑞士小學教師說：「我們底孩子有犯過的權利」。園藝上的修剪正同教育上的懲罰，可惜自古以來，大人都懂得懲罰孩子，但是很少父母願意瞭解爲什麼要懲罰孩子，試看多少懲罰孩子時的父母不是在洩憤。生氣時教育孩子根本談不到教育上的懲罰，倘若花匠生着氣在剪樹，相信他所剪的不會是對的。

古謂：「柴棒出孝」，體罰本來不只是中國的產品，歐洲也曾拿體罰作教育手段，最早基督教的教育也不反對體罰，後來法治實行的初期仍然盛行，直到十七、八世紀反對體罰的聲浪才漸漸興起。原來反對體罰運動最初起自法國的博愛主義和盧騷學說；他們提倡孩子的個性發展，同時反對教育上的體罰。以後歐美皆認爲體罰不合教育原理，時至今日，體罰在世界上開明的兒童教育中已經絕跡了，因爲從教育心理上證明，結果只有使兒童的心靈遭受打擊，心靈強健的兒童經過打擊以後，他更起反抗作用，更不服從。

在正常人格發展過程中，需要建立權威觀念，因爲缺乏尊重權威的人格，易於發生犯罪行爲，對於兒童權威觀念的建立，適當的處罰有其作用。

一般懲罰教育方法可分二種；卽自然懲罰法與人工懲罰法。

自然懲罰法也就是自然結果，作爲懲罰，就是以兒童行爲的自然結果，作爲懲罰。例如孩子喜爬樹，讓他爬上去跌下來痛了，就是他自然的懲罰，自然懲罰可以使孩子認識事情的原因和結果，也可以訓練孩子對自己的錯誤負責。

人工懲罰法，則是以人爲的環境，使被罰的兒童遭受挫折，或發生痛苦，使之有所警惕而改過。例如一個孩子經常搶兄妹的蘋果吃，父母則罰他一天不可吃蘋果。

父母的四隻眼睛亦是人工處罰法之一種，懂得教育的父母懲罰孩子，不需什麼技巧，只需懂得運用嚴厲的眼光，使孩子懾服。

懲罰孩子時，父母需注意，態度要絕對公正，不應感情用事，要有標準與度量，同時不要動輒以工作來做爲懲罰的威脅。因爲工作是神聖的，不要輕易種下孩子對工作的偏見。

在懲罰實施時，父母應切記：

（一）不應在家人面前懲罰他，孩子雖小，亦應顧及他自尊心，而避免傷及他幼小心靈。

(二)小孩遊戲是他第二生命，必要時可剝奪他遊戲時間，如有惡劣行為，可不讓他遊玩。

(三)處罰孩子可令他罰站，可以令他獨坐靜思，但不要輕易的令他罰跪。

(四)不應當禁閉，以免孩子過份恐懼而受刺激，避免引起他不安的感覺。

(五)不應以飯食來責罰孩子，通常父母常以不讓孩子吃飯做為他行為惡劣的報復。

懲罰主要目的，在使孩子心理起不痛快感覺，使他有所警覺而改過。懲罰孩子，必須是眞正愛孩子的人，而且應該在孩子覺得他是眞正在被愛時，即使怎樣處罰他，他都諒解你、敬重你。凡是未能眞正疼愛孩子的父母，便沒有懲罰孩子的資格。

獎勵是父母教育上積極辦法之一種，更是孩子心靈上的磁石，他可以誘致和增加孩子底意志，但教育上的獎勵並不是隨便地誇獎，也不是不合事實的鼓吹。獎勵需要適度，往往一點簡單的表情，會使孩子感到無上安慰。可是用東西來表示獎勵却未見得發生積極效力，所以獎勵不應輕用。

父母獎勵孩子的原則：(一)獎勵要得當，不可隨便應付。(二)由少獎勵至不要獎勵。(三)獎勵要在事後，不要在事前。(四)獎勵要合乎孩子的心理發展。

賞罰是管敎上常用的手段，懲罰的目的在於矯正不良的行爲，使孩子避免同樣的錯誤。賞罰則是誘導孩子自發自重，父母應知道賞罰只是手段而非目的，賞罰必須把握時機，使孩子明瞭賞罰的原因。

培養幼童繪畫基礎

一切藝術之基礎，都是美的鑒賞。審美觀念，在人生最初幾年就應該養成了。幼年的兒童極富模仿性，他也善於感受印象，因此我們必須儘可能地把這些能夠孕育出美的事物環繞着他。藝術教育不僅是教兒童怎樣畫和塗色，我們應該更進一步地幫助兒童去感覺日常生活中的美，去獲得愉快的生活。

在歐美，教育上都是十分重視兒童繪畫的，幼稚教育更是提倡指畫，讓兒童用手指沾染顏料，任意的塗抹在白紙上，毫無拘束，他們特別注重創作力的啓發，圖畫教育實在是兒童教育最重要的方法。

我們應便兒童的興趣注意到好的圖畫上，圖畫能把故事的內容告訴兒童，在雜誌上有時也能看到一些好的作品，最好能把它們剪下來，聚集一起，如此可以用作材料，增進兒童的藝術知識，其次可以講一點有關畫的歷史、畫家的名字，以及他生平的一些趣事。

通常畫筆的選擇，幼稚園年齡的兒童所需的鉛筆以HB最爲好用，硬鉛筆和軟鉛筆的不同，是前者可用來畫木頭等線條，軟鉛筆可用作畫皮絨一類線條，視覺和觸覺，必須在兒童很幼小時就加以訓練。

每一個兒童在很幼小的時期，便喜歡拿一支鉛筆玩，首先他發現鉛筆可以畫出東西，感到很驚奇，接着他又發現了鉛筆可以畫出自己所想像的東西，就更喜歡了。雖然小孩子不可能畫得很好，可是假若我們細心的看，就可以知道那是他們純眞思想的表現。對于兒童，畫是比寫來得更自然，在畫圖時，大而快的筆畫，可以幫助他們靈活運用手腕。圖畫是一種語言，因爲它是表現思想的媒介。兒童心理學家弗洛貝爾曾說過一句名言：「從工作中學習」眞是一個很有價值的方法。我們雖然不一定期望自己的孩子成爲大畫家，但是培養幼兒藝術美育的愛好，却是必需的！

兒童的懼怕心理

兒童的懼怕，大部份是不適宜的環境和訓練所造成，因此懼怕是可以預防的。

懼怕是兒童時期最大的障礙，有許多兒童怕黑暗、鬼怪、老師、生人等等。據心理學家研究有百分之四十以上兒童經常做懼怕的夢，原因是有許多爲人父母者每當遇到兒童不聽話時，愛用鬼怪來恐嚇小孩；有的家長在兒童面前故意渲染鬼怪神奇故事，兒童因此由成人處得到影響而漸漸產生恐怖心理。有的則是兒童從圖畫書、電影、電視中而得到的恐怖影響。

家長如果發現兒童有懼怕心理，不要嘲笑他，也不要因爲兒童有某種懼怕而憐憫、放縱他。合理的處置是要積極的瞭解兒童的原因，討論此事。如果他怕黑暗，可帶他同看黑夜的月亮、星星。另外還有許多膽小的兒童，則是由於父母過份保護的結果，偶爾跌跤流血，父母表現出的驚恐程度，常令不知什麼爲危險的兒童感到驚異，由於模仿的結果因而養成懼怕心理，爲了養成兒童勇敢的性格，父母除了事前的防範而外，偶爾跌跤流血，實不應故作震驚，因爲此種使兒童退縮懼怕的表現，常會在長久的蘊育下產生病態現象。

兒童色彩教育

色彩可以激發兒童智慧及想像力。據德國兒童心理中心主任說，「顏色對兒童精神狀態的影響特別顯著，因爲適當的顏色刺激，可以提高兒童的智商。」

一般兒童認爲漂亮的顏色是淺藍，草綠和橘紅；而白色，黑色和咖啡色，兒童們則認爲是醜陋的顏色。如果把他們放在「漂亮」的顏色房間中遊戲，他們的智商平均可以增加十二分，如果把他們放在「醜陋」顏色的房間中遊戲，則他們的智商平均降低十四分，尤其是經常接觸黑、白顏色的兒童，常常是十分愚蠢的。

他們又研究發現生活在絢爛顏色中的幼稚園兒童，他們進取而活潑，美麗的顏色，對兒童社會行爲亦有促進的功能。同時該心理中心研究發現，除了色彩教育以外，較大的遊戲環境，也是啓發智慧因素之一，因爲過小的空間常會阻礙兒童行動的教育，而且兒童對顏色的教育開始愈早愈好。

——節譯自時代週刊——

民國六十四年九月原載大華晚報

教與學之樂

我的小學教育是在大陸接受的，所以不會注音符號。現在兒子念小學一年級，拿注音符號來求教我，爲了不讓他失望，我於是從ㄅㄆㄇ開始自修。想不到越學越有興趣，我開始和兒子一齊默寫。由於怕發音有誤，我和兒子特別買了一捲華語注音錄音帶，拿回家裏播放。從此，我們的錄音機不再播放熱門音樂，茶餘飯後，或是晚上上床的時候，我一定爲龍兒播放二十分鐘的錄音教學。自從學會注音符號以後，我覺得眞是方便無比，有時候在報章雜誌上看到不認識的字，只要一看注音就會念了。至於龍兒更是高興，因爲書櫃上許多可愛的圖書故事集他不用求別人講解，只要一看注音就懂了。學會注音符號，是龍兒學習途徑上的一個重要起步，對他幫助實在太大了。

從注音符號的學習，我又開始陪伴兒子學習音樂理論。每週例行一小時，我陪伴他到山葉音樂班。從兒子的音樂課中，我又開始繼續從前沒達成的願望——彈琴自娛。龍兒也努力的跟我一齊學習，在「教」和「學」的當中，我們母子得到了無比的歡樂。

民國六十二年八月原載國語日報

情緒與兒童的行為

父母的態度足以干擾兒童的情緒，對於兒童忽視或者對於兒童過分的關切，都足以妨礙兒童的正常生長。

兒童很小的時候就會對環境中的人、物養成種種情感，很多的情感都是由具體的經驗獲得，如慈母餵奶，會使嬰兒產生依戀的態度；又如父親教訓很嚴，會使孩子一見父親就會有恐懼的情感。

據研究發現，常有一些情緒不穩定的兒童，都是出自於社會背景惡劣的家庭。兒童的健康狀況，對他的情緒反應也有密切的關係，例如兒童營養不良、消化不良、眼睛或牙齒有疾病，都會遭受情緒的困擾。疲勞過度，也是產生煩悶的現象。兒童自幼就應該訓練他定時進食和定時的休息，假如太疲倦或太興奮，他就會發脾氣，幼小的兒童無論遊戲與休息，都該做適當的安排。

情感是支配我們行爲的重要因素，訓練兒童的主要目標是要培養良好的情緒態度，一個人可以從小訓練他自愛、自信，如果父母忽視兒童的情緒發展，使其願望不斷遭受挫折，則易造成畏縮不前的性格，而形成自卑、逃避，此種態度對個人行爲上有很大的關係。

鼓勵兒童開口

溫暖的家庭，家的氣氛是融洽的，父母應經常傾聽孩子的傾訴，多用語言談話來教導孩子，常見許多家庭父母與子女很少聚在一起談話，父母都忙着自己的事情，因而忽略了自己的子女。

據研究兒童心理專家發現，大多數的犯罪以及問題兒童是出身感情冷淡，很少談話的家庭，因此子女不願待在家中，出外遊蕩，要想避免兩代之間的隔閡。父母應親切而慈祥的與孩子傾談，父母應鼓勵兒童表達自己的機會，把自己所知道的社會見聞講給孩子聽，切忌應付孩子問題時，不耐煩的將孩子甩開說：「你沒看見我是多忙啊！」或是「少囉嚇！」如此，孩子滿腔的興緻都消去無蹤，實在可惜。

其實，家庭談話的氣氛，完全由父母培養出來，大人認爲無話可說，面對孩子只好默默無言，或要求他命令他，結果更使子女沈默無言，無詞相對，相反的，如果平時你常利用機會教育，啓發兒童，從自己所見所聞談起，想說就說，毫無拘束，場面必會輕鬆而愉快。孩子如果說錯了，大人切莫指責，當孩子沈默無語時，你應耐心給與他安慰與鼓勵，不要讓他悶在心裏，子女必會感激萬分。

鼓勵孩子開口，再配合大人經驗讓孩子理解學習，他必定會成爲一個聽話而聰慧的孩子，所謂「三人行必有我師」就是這個道理。如果你經常利用欣賞電視一段時間，當孩子做完功課以後，與孩子傾談一天見聞，爲了避免刻板的談話，你可以找出輕鬆的話題，或以故事化提出，孩子日久必定會潛移默化中變得更親近你，談話不失爲一種最好的兒童教育。

兒童第二生命——遊戲

遊戲是幼兒日常主要的活動，有益於幼兒身心的發育，也給幼兒帶來活潑與健康，以及樂羣、合作等個性的養成，可是有的父母爲避免麻煩和危險常不鼓勵兒童活潑的遊戲，其實風和日麗時，應使兒童在戶外遊戲，使幼兒多接受陽光與新鮮的空氣，父母應在旁指導，超過體力或危險性的遊戲，應加阻止，對兒童的玩伴，要注意其品行，習慣是否良好，以免幼兒接受壞的影響。

遊戲的種類很多，有的還要玩具和設備，玩具是兒童的恩物，也是一種教育工具，有助於兒童身心的發展，玩具的種類繁多，選擇玩具時，第一要適合兒童的年齡、性別，其次是安全和衞生，在幼兒的心目中，玩具是他們惟一的財產，其喜愛程度遠非成人可以想像。因此一般父母寧可減少幼兒的糖果零食，而不宜缺少玩具，沒有玩具的幼兒，常易引起孤獨、自卑、妬忌等不良習慣，玩具並不一定以昂貴的爲好，許多玩具父母可以自製，如圖片、小石頭、貝殼、鈀鉑等，幼兒玩具愈多，智慧愈廣，父母應深切瞭解幼兒遊玩的重要，遊戲與玩具是兒童第二生命。

兒童營養與健康

兒童的頭腦的發育，約莫在七、八歲左右大致完成，因此兒童時期的營養奠定一個人的健康基礎。

營養專家們主張三色食品配合的重要，那就是黃色食物如五穀類維持活動力和體溫的基本食物；紅色食物如魚、肉、蛋、豆類等食物，構成牙齒，骨骼的食物，以及綠色食物，如水果及蔬菜供給大量維他命B，C，如果這三種食物配合的不夠均衡時，便會使人脾氣變壞，神經質，精神不穩定，甚至造成個人智能的缺陷。

做母親的對於兒童三餐必須特別注意，兒童的食物應該簡單而富營養，體積應細小，軟而易食，絕不可養成兒童偏食惡習，同時應經常變換副食的種類，和用餐的器具方式等，來促進兒童的食慾。

生理學家證實，使兒童頭腦發育正常，完全要靠小時候的營養，其中飲食方面尤以良質蛋白質，像牛奶、魚、肉、蛋和豆類製品，特別重要，如果兒童不喜攝食，無論如何要及時加以矯正，對於兒童喜食糖果以及冰凍食品也應由成人加以適當的限制，否則必將破壞兒童的食慾，影響兒童的健康。

兒童教育的原則

我們都知道兒童是國家未來的主人翁，我們應該給他們一個健康的身體，給他們一個愉快的心靈，讓他們日後能對社會有信心，讓他們未來能用善意和愛心，健全的身體來推動未來的世界。

當一個孩子偶爾不愼犯了過錯，他第一個希望是父母能夠幫助他，支持他替他解決問題，指引他的迷津，假如父母此時不能了解他的困難，反而責罵他則必定會造成兒童的畏縮，因此我們應時時留心自已的孩子，了解他們的困難和痛苦。不要把他們輕易的關在你的世界以外，偶爾必須要對孩子懲罰時，也必須顧到孩子的自尊，不要讓別人永遠記起他的過錯。

教育的使命是培植與鼓勵，由於成人的愛護誘導，而使孩子能夠發揮他的特長，成爲一個出衆人物的時候，相信你的快樂將是無可比擬的。一個人的墮落，家庭負有最大責任，如果家庭放棄了管教與愛護的責任，孩子極易走入歧途。

總之，做父母的只要愛自己的孩子，不要輕蔑他們，刺激他們，無論如何孩子是不會自暴自棄的！

讓孩子愉快就寢

每當龍兒上床熟睡以後，就是我和外子感到可以稍爲喘一口氣，忙碌終日以後藉以消除疲勞的時候，可是龍兒上床睡覺的一段時間，是最吵鬧的時刻。他儘量拖延，我則希望他越早上床愈好。因此，上床睡覺時間，我在嘮叨，兒子則設法逃避，兩人有時弄得怒目相對。

自從我每晚陪伴龍兒，在入睡以前講兩三個有趣的故事，或是跟他作一些親密的談話後，他就很快的入睡了。至此，我才發現；原來孩子都害怕寂寞也喜歡獨佔母親，上床的時間，是親子間最親密的接觸，如果能和他親切的談話，可以令孩子感到安全感，很快的進入愉快的睡眠。自此龍兒也再不拖延入睡，反而盼望上床時間的到來。

兒童時期需要充足的睡眠，歐美社會對兒童上床時間有嚴格的規定，我國兒童睡眠時間常隨父母習慣，有的兒童跟着父母看完晚間電視劇才懶洋洋的上床，有的兒童時間很晚了，還隨着父母在外宴遊，這樣都是不適合的。因爲兒童的發育與睡眠有極密切的關係，爲了兒童的健康，如何讓兒童早早的、愉快的上床，的確是母親不可忽略的職責。

民國六十二年一月十一日原載中央日報家副版

兒童讀物的重要

兒童是民族的幼苗，也是國家第二代的主人翁；他們具有繼承文化與發揚文化的使命，兒童接受學校教育是被動的、間接的；而兒童讀物給予他們的影響却是直接的、主動的，其影響遠重於學校教育，因此賢明的父母對於如何爲兒童選擇課外讀物不得不十分愼重。

孩子在求學時期，心智能力的發揮非常重要，優良的兒童讀物，不僅能養成兒童的閱讀能力，而且可以使兒童的語文能力增高，但是如果兒童每日接觸的是神奇，荒誕的讀物則會使其脫離現實生活，每日生存在幻想當中，這樣不但未有獲益，反而身受其害。

據兒童心理專家研究，兒童最愛閱讀，對兒童最有意義的讀物爲科學推理讀物、動物王國、歷史故事以及外國兒童風俗故事。我們都知道兒童有兒童的世界與天地，他們的世界是家庭，他們的天地是學校，他們自幼最喜歡接近的朋友是小貓、小狗、各種小動物，以及花草樹木等等。

因此選擇這些故事也都是兒童極爲喜愛的。

兒童幼小時最需要的是愛、溫暖與關懷同情，這些都是培養兒童良好人格的最重要養料，兒童純潔而天眞，我們切莫讓暴力、仇恨來汚染他們幼小的心靈，因此，我們應儘量使他們接觸善良的兒童讀物，以發揮其天眞本性，淨化幼兒情操；因爲唯有這些充滿着愛與溫暖的書籍讓他們閱讀以後，自然而然會在潛移默化中激發其對人類的愛心，培養他們良好的品格。

父母偏愛與溺愛會造成問題兒童

過去的家庭，孩子們很少有地位；一般父母把子女當作私有「附件」，甚至有些父母完全以自己的喜怒哀樂對待孩子，在這種情形下生長的兒童，是很難得到健全人格發展。

家庭裏只有一個孩子每易受溺愛；而孩子衆多的家庭却又容易發生偏愛。就遺傳學上說，兄弟姊妹智慧相差平均約在五十左右。這就是說，同父母所生的孩子，天賦上有很大的差異，後天的教養如再不同，行為表現就更不會一樣，由於我們對孩子的奢求表現於言行，孩子們可能會認為父母對他們的愛有偏差。兒童認為父母態度不公平，被冷落時就會感到愛和安全感的不夠，於是便種下了問題行為或人格失常的起因，因此兄弟之間妬忌、爭執，以及學業退步、撒謊，各種問題行為漸漸發生。

當然沒有父母對子女是不愛護的，但是有時由於父母對新生兒的特別護理，因此冷落了大孩子或是一般父母常喜歡以孩子們相互比較來教育孩子，這樣常會使子女感到屈辱之感。

因此，爲人父母的在日常行爲中，應該避免這種無心的錯誤，我們對兒童的愛是尊重的愛，既不是偏愛也不是溺愛，這樣每個兒童都能活潑快樂的長大，成爲國家未來的棟樑。

牽牛班

蔣院長在本年全國教育會上談及兩個教育上的問題，一是參考書的繁重而且字體的細小是導致學童近視眼的主因，另一問題則是學校班級採取分班制度，升學班當然是指成績好班以升學爲目的者，牽牛班無法升學，無所事事，故以牽牛名之。

儘管每次升學考試，教育當局呼籲，命題範圍是以教本爲主，可是教師及家長仍然不放心，非要多買幾本參考書才罷休。據筆者在教學中發現，參考書作者挖空心思，翻來覆去幾句話，爲的是加重書頁的分量，其字跡之細小，使家長認爲這本書材料豐富，必可有益學童。其實這種書除了加重學童的負擔以外，更會給眼睛致命傷。

我們都知道歐美報紙印刷字體都極碩大，有一次在國外，外人看到我們中央日報，驚訝於排字的細小。但是我們國內一般參考書的字體比報紙印刷還要小兩三倍，這眞是一件極不合理的事。

參考書與升學班是相併存在的問題。由於「升學班」與牽牛班的對立，造成成績較差學生自暴自棄的心理，以及升學班學生狂傲的態度，甚至在一個學校內更造成教師與教師之間的對立，在一個學校內升學班使教育分化，在學校與學校之間則造成少數「明星學校」，公立與私立學校的困擾。

我們誠摯的希望此次教育會議能提出教育發展的完整構想，建立完整職教體制，以及糾正升學主義的偏差，正本清源，謀求問題的根本解決。

正如蔣院長說的：「不是教育創造環境，就是環境影響教育。」我們當前的教育問題，乃是一方面應該使青年學生對於環境的影響有正確的認識，一方面又能發揮教育的功能，來改變與創造環境。

我們也更深切的希望這次全國教育會議能夠把握當前教育的使命，善為策畫，集思廣益，務使教育與國家民族的命運，社會經濟的發展，密切打成一片，以達成傳道、授業、解惑的神聖使命！

培養兒童文學欣賞

很多兒童年齡雖小，但是如果父母及早指導及培養，對於文學及詩歌多能欣賞和領會，在家中，只要有機會，我和孩子談話常會引用詩歌及兒歌來引發他學習的興趣；我發現中國的古詩很能傳神，最通俗的一首是李白的「床前明月光，疑是地上霜，擧頭望明月，低頭思故鄉。」由於字意淺現銓兒在四歲時就能背誦，以後他常自動要我敎他背詩，可見兒童對押韻的詩很感興趣。第二首我開始敎他背誦的詩是「春眠不覺曉，處處聞啼鳥，夜來風雨聲，花落知多少？」此時銓兒五歲，竟在字意上較前認識多了，因此可以理解稍爲深奧意義的詩詞，前一首我對他解釋是描寫思鄉的，後一首是描寫春景的，兒童都容易有深刻的印象。

文學欣賞敎育應該從兒童幼小時培養，尤其是我國有許多豐富的歷史遺產可以利用，藉此也可以讓孩子們認識中國文化的悠久與偉大，同時在敎導兒童時，母親將會發現母子之間藉着詩的意境，而對美有所憧憬與希望，同時詩歌能更陶冶兒童的品格，培養完美的人生觀。

兒女成婚時

每個父母都是熱愛自己的子女的，我們既然教導兒女們做人的道理，也應該教導他們怎樣處理婚姻這件終生大事。

沒有人會否認婚姻生活所含有深厚微妙的快樂，其它任何生活體驗都不足和婚姻比擬，因爲徒有名望、財富或無比好運，而沒有婚姻，則生活仍不算完整。婚姻，這種伴侶關係，自一對青年男女相愛開始，以至進入共同建立小家庭時的種種新奇和快樂感，都含有說不出的微妙感受；禮服、禮物、新房是婚姻最動人的部份，但是一個少女在新婚期間所需的心靈陶冶，以使她能做個良妻以及一個少男所需的知識力量，以使他能成爲溫柔的丈夫，這正是父母的職責。我們應該教導兒女，使他們知道新婚期間的問題應該解決而不應置之不理，如此才能使我們的子女都能享有正常美妙而不可言喻的婚姻。

當兒女成婚時，父母要告訴孩子們，男女追求時期的習慣；如不必要的贈禮和遊玩，下午不上班而陪伴愛人，看電影、上宴會等等，這一切都應該在婚後告一段落。

我們應該教導兒子知道「溫柔」一詞在婚姻關係上的重要性，如何善待和尊敬自己的妻子，同時也應該教導女兒耐心、不自私的美德，可以使女兒在對待丈夫方面終生享用不盡。

有時，爲人父母者因爲過份加以照顧反而使一對新人不知所措，反而使新婚夫婦心慌意亂，女方常會感覺男方的母親是否在暗地裏批評自己，男方會感覺女家的人把自己當做傻瓜。因之，我們應該及時注意子女們婚姻大事，凡是父母能夠做到的事，不論用勸導或溫和的提醒及責備，都必須負責去做。我們應使他們兩人都瞭解他們已經踏入新的生活，不容再保有舊有的習慣與關係，也不能再像過去那樣放肆。

身爲父母者最好的辦法，當然是以身作則。讓子女們親眼看到父母彼此間的美好、溫柔及謙讓，讓他們置身於一個負責任、盡義務、體貼慈愛的家庭中，這才是一份眞正的教育。從一個愛護嬰兒的家庭中長大出來的兒童，才會瞭解育嬰的眞義，親眼看到夫妻間眞正之愛那種成熟永久的關懷，才會使兒女們知道自己應該如何去尋求圓滿的婚姻以知道如何去維護它。

社區發展與婦女兒童福利

社區發展是一種新興工作，一切尚在孕育和成長之中，培養新觀念是推進社區發展必須具備的動力之一，社區發展要以人爲基礎，人爲本位，人爲目標，因此對於社區中人的培養，貢獻和成就，都應該兼籌並顧，人的培養並非易事，需要有較長的時間，所謂「百年樹人」，古有名訓。

我們都知道兒童是民族的幼苗，是國家未來的主人翁，要想培植良好的公民，從社區發展基本觀念做起最爲有効。現在有很多國家的社區發展特別喜歡從兒童方面着手，因爲人人都熱愛兒童，都願爲兒童服務奠定良好的始基，尤其是兒童的特性富於學習興趣和進取的精神，只要對兒童善加組織和領導，由於兒童樂於參加，無論家庭學校的社區的環境衞生，公共秩序，必可獲得髒亂問題的解決。由於兒童的積極參與，常會帶領父母也一齊參與社區籌劃，因而引發母親們對社區發展工作的極大興趣。

婦女除教養子女協助丈夫做一個賢妻良母外，對於國家社會的服務和貢獻不可低估，社區發展對於婦女兒童的潛在力量，應儘量加以發揮和運用，在籌劃社區發展工作時，首先必須舉辦各種婦女兒童的福利設施作爲社區發展的中心工作，如此則可使婦女兒童認識社區發展對於他們自己、家庭、社會和國家有着密切不可分割的關係，因而積極自動的貢獻出更多的熱忱和力量，爲社區盡其責任。

在婦女兒童福利方面，社區應該實行的工作爲社區兒童中心除提供社區兒童托兒所，幼稚園的實施以外尙應：

1. 開闢社區兒童遊樂中心供兒童遊樂，歐美各國在每一社區內均闢兒童遊樂場（PLAY GROUND），場內空地廣大有各種戶外設施供兒童攀登跳躍。
2. 設置社區兒童圖書館，供兒童及母親們免費閱讀各種有關書籍，藉以獲得有關知識。
3. 成立社區家庭服務中心，如紐西蘭之（PLUNKET SOCIETY），指導產婦帶養嬰兒，孕婦產前指導，以及一切有關家庭營養、衞生、打掃之服務。

今春筆者接受亞太理事會獎學金前往紐西蘭考察訪問該國社區發展與兒童福利，該國社區對兒童福利教育甚爲重視，中心的母親們在一起共同交換育兒經驗，此外並與大學推廣教育合作，藉政府的襄助以及社區本身的自立求進，來共同研究發展兒童教育。

滄海叢刊已刊行書目（一）

書名	作者	類別
還鄉夢的幻滅	賴景瑚	文學
葫蘆・再見	鄭明娳	文學
大地之歌	大地詩社	文學
青春	葉蟬貞	文學
比較文學的墾拓在臺灣	古添洪 陳慧樺	文學
從比較神話到文學	古添洪 陳慧樺	文學
牧情的情思	張媛媛	文學
萍踪憶語	賴景瑚	文學
陶淵明評論	李辰冬	中國文學
文學新論	李辰冬	中國文學
離騷九歌九章淺釋	繆天華	中國文學
累廬聲氣集	姜超嶽	中國文學
苕華詞與人間詞話述評	王宗樂	中國文學
杜甫作品繫年	李辰冬	中國文學
元曲六大家	應裕康 王忠林	中國文學
林下生涯	姜超嶽	中國文學
詩經研讀指導	裴普賢	中國文學
孔學漫談	余家菊	中國哲學
中庸誠的哲學	吳怡	中國哲學
哲學演講錄	吳怡	中國哲學
墨家的哲學方法	鐘友聯	中國哲學

滄海叢刊已刊行書目（二）

書名	作者	類別
中國學術思想史論叢(一)(二)	錢穆	國學
中國歷史精神	錢穆	史學
浮士德研究	李辰冬譯	西洋文學
蘇忍尼辛選集	劉安雲譯	西洋文學
希臘哲學趣談	鄔昆如	西洋哲學
中世哲學趣談	鄔昆如	西洋哲學
近代哲學趣談	鄔昆如	西洋哲學
現代哲學趣談	鄔昆如	西洋哲學
音樂人生	黃友棣	音樂
音樂與我	趙琴	音樂
爐邊閒話	李抱忱	音樂
琴臺碎語	黃友棣	音樂
不疑不懼	王洪鈞	教育
文化與教育	錢穆	教育
印度文化十八篇	糜文開	社會
清代科舉	劉兆璸	社會
世界局勢與中國文化	錢穆	社會
中國文字學	潘重規	語言
戲劇發展歷史概說	趙如琳	戲劇
佛學研究	周中一	佛學
現代工藝概論	張長傑	雕刻